泥棒猫

Ami Suzuki
鈴木あみ

CHARADE BUNKO

Illustration

街子マドカ

CONTENTS

話の切れ目にふと窓の外に視線を向けると、研究所の門から正面玄関へと続く長いアプローチが見えた。

その道を我が物顔で歩く一つの集団がある。一人の男を中心に、取り囲むように数人の男たちが従っていた。

「へえ……ミミつきですか」

守弥仕郎《もりやしろう》は、ふと口に出して呟《つぶや》いた。

中心を歩く男の頭には、先端の部分だけが焦げ茶色に染まった艶《つや》のあるミミが、左右に一つずつ生えていたからだ。

女性のみに感染する伝染病が大流行し、わずかのうちにすべての女性が死亡しておよそ十年。男性のみの世界となった地球に、ある日Unidentified Kittenlike Ears——通称ミミつきと呼ばれる種が誕生した。

ミミつきは、突然普通の男が変化してなるものであり、ミミつきになると、動物のミミとしっぽが生え、他の男を惹《ひ》きつける強烈なフェロモンを垂れ流しはじめる。

どういう男がミミつきになるのか、どんな動物のミミが生えるのか、その基準は未《いま》だ明らかではない。本人の性的嗜好《しこう》とも容姿とも、明確な関係性は発見できてはいなかった。

（とはいえ、これは……）

「……美猫ですね」

ぴっと立ったミミが凛《りん》としている。ミミの先と同じ焦げ茶の髪もまた艶々と輝いて、切れ長の大きな瞳《ひとみ》は怖いような透き通った蒼色《あおいろ》だった。

女性的というのとは少し違うが、ミミつきはとても美しかったのだ。

仕事柄たくさんのミミつきを見てきたつもりだけれども、中でもこれほどの青年はいなかった。――綺麗《きれい》で、目を惹きつけられる。

彼もこの研究所の研究対象なのだろうか。それにしては白衣を纏《まと》い、男たちを纏わりつかせるその態度は、ずいぶん高慢にさえ見える。

守弥の視線を追うように、百川《ももかわ》教授が近づいてきた。

百川が所長を務めるこの日本生命科学研究所は、K大学の敷地内につくられた、大学の垣根を越えて優秀な人材を集め、人類の子孫を誕生させるための総合的な研究を行う機関である。それは現在WSO（World Seed Organization）の統括のもと、世界でも最重要、最優先の研究であった。

そしてまた百川は、守弥をアメリカのC大学から日本へ呼び戻した男でもあった。

「玉斑《たまむら》君だね」

百川は窓の下へ目を向けて、そう答えた。

「玉斑？」

「玉斑春季《はるき》。うちの研究者だよ」

「へえ……めずらしいですね。ミミつきが研究者というのは」

「だろうね」

「あの、瞳の色は……？」

守弥は視線を据えたまま言った。

顔立ちははっきりしているとはいえ日本人に見えるが、だとしたらあの蒼は普通ない。ハーフやクオーターだったとしても、ないだろう。

「ミミつきになってからの突然変異だそうだよ」

と、百川は言った。

「そんなことが本当にあるんですね。話には聞いていたけど」

「綺麗だよねえ。あんなに綺麗なのは、外国人でも滅多に見ないね」

「ええ……」

百川の言う通りだった。

吸い寄せられて、目が離せない。

「……けど、大変でしょうね。あれだけ美人だと……。ミミつきだというだけでもいろいろあるのに」

よくも悪くも、ミミつきはそれだけで注目を集めてしまう。性的欲求を抱かれ、セクハラやレイプの対象とされたり、誘拐されて売り飛ばされたりすることさえめずらしくないのだ。ブラックマーケットでは、ミミつき一匹の相場は十億とも言われていた。

自由に外出したり仕事をしたりという普通のことが、ミミつきにとっては非常に困難なのだ。

危険を避けるため、多くのミミつきは引きこもりがちになる。とはいえ、保護してくれる誰かがいない限り、引きこもって日常生活を送ること自体、大変な苦労をともなうのだけれど。

守弥はそんなミミつきの不自由さを、これまでどれほど見てきたか知れなかった。

大学での出来事を思い出し、彼は小さく首を振った。

「さあ、それはどうかな」

だが、百川はそう言った。

「え?」

「以前は、彼はK大学の付属病院のほうにいたんだよ。でも騒ぎを起こして、いられなくなってね」

「騒ぎ……?」

「学部長と教授と、二股をかけていたのがばれたとか」

ミミつきは、曰《いわ》くつきでもあるようだ。守弥は軽く絶句した。

「今でも男関係は派手で、取り巻きと乱交状態、手当たり次第に男を食う淫乱《いんらん》……いろいろと悪い噂《うわさ》が絶えないようだがねえ」

「そういう人物をわざわざ引っ張ってきたんですか？」

「学部長とは昔からの親友だから、頼まれるとねえ。それに彼、優秀ではあるんだよね」

「そうですか……」

平静な口調で答えながら、守弥は少なからず驚いていた。ミミつき特有の色気は感じるものの、そういうタイプには見えないのに。

「取り巻きというのは、あのまわりにいる……？」

「ハレムと言ってもいいかもしれないね」

「……」

百川はやや皮肉げに笑った。

「めずらしいよねえ。ああしてミミつきであることを謳歌《おうか》してるタイプは」

そうですね、と答えるほかはなかった。たしかに、今まで見たことのないタイプのミミつきであることは間違いなさそうだった。

「とはいっても、あのハレムには誰でも入れるというわけではないみたいだけどね。――見てごらん。若くて品のいい、容姿端麗な男ばかりだろう」

「ええ、たしかに」

「見た目ではわからないけど、家柄も人柄も粒揃《ぞろ》いなんだよ」

百川はそう言って、揶揄《やゆ》するように守弥を見た。

「でも、きみなら入れてもらえるかもしれないねえ？」

守弥は苦笑した。

「遠慮しておきますよ。こう見えても乱れた関係は苦手なので。――それに、大勢の中の一人になるのもね」

「そうかい？　残念だな」

何が残念だというのか、百川は軽く守弥の背中を叩《たた》き、応接コーナーのほうへと戻っていく。

彼に従い、守弥もまた窓辺を離れた。

百川がソファに腰を下ろすと、その足許《あしもと》に動くものが纏わりつく。守弥は一瞬、ぎょっとした。小さな猫だった。

「……研究所に猫、ですか」

呆《あき》れて口にしたが、百川は悪びれるようすもない。

「先週拾ったんだよ。可愛《かわい》いだろう？　まだ小さいんで連れてきているんだ。まあ、今は私が直接研究しているわけではないしね」

でも内緒だよ、と言いながら、百川は抱き上げて膝《ひざ》に乗せる。仔猫《こねこ》はごろごろと喉《のど》を鳴らしはじめた。

「……懐いてますね」

「猫だからね。美味《おい》しいものをくれて、ひどいことをしない人間と暮らせば、必ず懐くものだよ」

「そういうものですか……？」

猫を飼ったことのない守弥には、今ひとつ実感がともなわない。友人や知人の家で対面しても、まったく懐かれたことがないからよけいだった。

守弥は仔猫をじっと見つめる。

「タマっていうんだ」

と、百川は聞いてもいないのに教えてくれる。

タマは百川の膝で、あっという間に眠ってしまったようだった。

1

——捕まえろ……！

一人が叫ぶと、男たちは一斉に春季を追いはじめた。春季は必死で走り、逃れようとする。彼らはそれをむしろ面白がっていた。

——ウサギ狩りのはじまりはじまり……！

治安が悪化するにつれて復活しはじめた不良少年たちのグループをギャングと呼ぶ。そして彼らがミミつきを追いつめ、捕獲するゲームのことを「ウサギ狩り」と称した。ウサギのミミに限らず、どんな動物のミミつきであっても、その呼称は同じだった。

彼らは散々獲物を嬲《なぶ》り、狩りを楽しんで飽きると、ついにミミつきを捕まえる。その後、自分たちで散々味見してから、上部組織である暴力団などに上納することになるのだ。そうなれば最悪、ミミつきは誰にも知られないまま外国に売り飛ばされることになる。二度と家族にも会えない。

——春季……！

春季の名を呼ぶ声が、狩り場に割って入ってきたのはそのときだった。

「――っ！」

そこまでで、春季は目を覚ました。

(夢か……)

朝から嫌な夢を見てしまった、と思いながら身を起こす。頭を振って忘れようとする。

(こんなの、いつものことだけど)

ウサギ狩りにあうところからはじまり、助けが来たところで目が覚める。何度見たか知れない夢だった。今さら落ち込んだって仕方がない。

春季はベッドを降りた。

遮光カーテンを開け、気持ちを切りかえて寝室をあとにする。シャワーを浴びて、研究所へ出社するための身支度にかかった。

鏡に映る頭には、先端だけが焦げ茶に染まったクリーム色の猫のミミが生えている。毛足はやや長いが、毎日の手入れのおかげですばらしい艶を保っていた。

春季はミミとしっぽの被毛にていねいにブラシをかけ、髪にドライヤーをあてた。

造りつけのクローゼットにずらりと下がるスーツを一組選び出し、シャツとネクタイを合わせて身に纏う。そして仕立てるとき特別につくらせたズボンのスリットから、しっぽを出した。

鏡で検分すれば、いつもにも増して美しい姿だった。

春季は一人頷《うなず》いて、台所へ向かった。そして冷蔵庫から固形飲料を取り出す。ちょうどそれを飲み干した頃、インターフォンが鳴った。取り巻きたちが、毎朝交替で迎えに来ることになっているのだ。

「おはよう。今日も素敵なミミだね」

「ありがとう」

今日の男たちに傅《かしず》かれて、春季はマンションの自室をあとにした。

ベンツの後部座席に乗り込んで、春季が勤務する日本生命科学研究所まで、約十五分ほど。そのあいだ取り巻きのお世辞をBGMに、ゆっくりと煙草《たばこ》を一服する。ときどきは、ミミと同じように先端だけ焦げ茶に染まったしっぽの先で、彼らの鼻先をくすぐってやることも忘れない。

今の勤務先に変わって以来、二年近く続いているいつもの習慣だった。

研究所に着くと、ロッカーのある所員の控え室で上着の代わりに白衣を羽織り、取り巻きといったん別れて再び一服する。

ミミつきになって以来、自分が吸うのはいいが、他人の煙がひどく苦手になっていた。そのため、喫煙室には一人で行く。

春季はブースのソファに座り、煙草をくわえて火を点《つ》けた。

軽く煙を吐きながら、窓の外を眺める。このまま横に長くなってもう一度眠りたいくらいの、ぽかぽかとしたいい天気だった。

そしてふと、入り口の硝子扉《ガラス》に視線を移したときだった。

春季は遠目に、こちらへ向かって歩いてくる長身の男の姿を見つけてしまった。

細いフレームの眼鏡《めがね》をかけ、インテリ風に隙《すき》もなく整った容姿。守弥仕郎に間違いなかった。

（……嫌な奴と会ってしまった）

春季はこっそりと眉間《みけん》に皺《しわ》を寄せた。

同じ研究所に勤めているのだから、毎日顔を合わせなければならないのは仕方がないとしても、朝一番からでなくてもいいものを。

（喫煙タイムが台なしじゃないか）

この男は、半年ほど前、この研究所にやってきた研究員で、名を守弥仕郎という。もともとK大学出身だが、その後カリフォルニアに留学し、そのまま向こうの大学で研究を続けていたのを、百川所長が呼び戻したのだ。

整った容姿にやわらかな物腰を備え、優秀で、おおむね評判はいいようだが、春季は守弥と非常に相性が悪かった。彼が初出勤してきた日から、ずっとそうだ。

いっそこのまま気づかなかったふりで出ていこうかとも思ったが、すでにしっかり目が合ってしまっている。しかもまだ一本吸い終わっておらず、ここで出るのは不自然だし、第一逃げるようで癪《しやく》だった。

春季が固まっているうちに、硝子扉を開けて守弥が入ってきた。

「おはようございます。玉斑先生」

相手も今出勤してきたばかりなのだろう。春季の顔を見て挨拶《あいさつ》をしてくる。

生まれつきそうなのか、わざとそうしているのか、年下に対してもていねいなその口調は、どこか慇懃《いんぎん》というか、からかってでもいるかのように聞こえた。

春季はそれだけでなんとなく神経を逆撫《さかな》でされながら、さすがに剝《む》き出しにするのは大人げないと思い、感情を押し隠して会釈する。

「ああ、守弥先生。おはようございます。……というか、遅刻じゃないですか？　今から一服していたら」

自由に発想、研究できる空気を所長が重視しているため、所内では建前上、研究者同士の上下関係はあまり意識されないようになっている。とはいえ一応、守弥は三つ四つは年上でもあり、口のきき方が不適切なのは春季にも自覚があった。なのに顔を見ると、なぜだかどうしても喧嘩《けんか》を売るようなことを言わずにはいられなくなる。

「昨日ちょっと遅かったのでね」

「へえ……」

遅くまで、誰かと飲んででもいたのだろうか。

「でも、まだ十分間に合いますよ」

守弥は言いながら、少し空けて春季の隣に腰を下ろした。

「めずらしいですね。お一人ですか。他の皆さんは？」

「一緒じゃないときもありますよ」

嫌味を軽く流しながらも、春季はなんとなく緊張する。なるべく近づかないようにしてきただけに、喫煙室で一緒になるのも初めてなら、そもそもこんな位置で会話したことさえ、これまでほとんどなかったのだ。

守弥は煙を吐きながら、ちらりと春季を見て唇で笑った。

「そんなに嫌わなくてもいいんじゃないですか？」

「え？」

春季は思わず顔を上げて守弥を見た。たしかに守弥のことは気に入らないが、顔や態度に出したつもりはなかったのに。

「……なんの話です」

「白衣の中から裾《すそ》を押し上げて、しっぽがびびびびっと——」

「……！」

守弥の視線を追ってはっと振り向けば、彼の言う通り、春季のしっぽはピンと立ち、警戒するようにびりびりと震えていたのだった。

春季は反射的にそれを手で押さえた。

「変なところを見ないでください……！」

感情が高ぶったときのしっぽやミミの反応は、自分の意志ではほとんどコントロールすることができないのだ。感情とどう繋《つな》がっているのかさえ、春季自身にも正直よくわからなかった。それだけに指摘されればそこはかとなく恥ずかしい。研究は進んでいるのだろうが専門外であり、制御不能なことに変わりはない以上、むしろ知りたくなかった。

（見て見ぬふりをしてくれればいいものを、これだからこの男は……っ）

セクハラ……とは呼べないまでも、嫌がらせではないのだろうか。

変態、と胸の中でだけつけ加え、煙草をもみ消して立ち上がる。

「もう行くんですか？」

「いけませ……」

んか、と言いかけた途端、春季は煙を吸い込み、激しく咳《せ》き込んでしまった。

再び椅子《いす》に沈み、からだを二つに折る。

「大丈夫ですか？」

守弥が覗《のぞ》き込んできた。

背中をさすってくれるのを感じ、どきりとして涙目で振り向くと、心配そうな守弥と目が合う。彼ははっとしたように手を引いた。

（咎《とが》めたつもりじゃないのに）

そう見えただろうかと春季は思う。

「……もしかして煙が苦手なんですか？」

ようやく咳《せき》が落ち着くと、守弥は問いかけてきた。

「ええ……まあ」

「自分も吸うのに？」

「悪かったですね。他人のは苦手なんです。だから一人で来てるんですけどね」

暗に邪魔だと告げると、春季は今度こそ立ち上がった。

「じゃあ、お先に」

「……玉斑先生」

守弥が呼びかけてくる。それを無視して硝子扉を開けると、取り巻きたちがすぐ先の角を曲がって迎えに来るのが見えた。

「春季……！」

彼らは駆け足になる。

「来るのが遅いから心配したよ」

と言っても、一服して研究室に入るいつもの時間より、十分とは遅れていないだろう。

やれやれ、と春季はこっそり小さなため息をつく。

「大丈夫だって。喫煙室で守弥先生に会って話してただけだから」

「それが心配なんだって」

背中に、守弥の白い視線が向けられている気がした。

意識するとひどく不愉快な気持ちになる。常に男たちに囲まれている自分を蔑《さげす》む者は多く、守弥もその一人なのは、もうわかっていたはずのことなのに。

「心配する必要なんかないって。守弥先生はミミつきには――いや、俺には興味ないそうだから。――ですよね？　先生」

春季は振り向く。

「そんなわけないだろ……！」

口を挟んできたのは取り巻きの一人だ。守弥は片笑んだ。

「――まあ、許可なく手を出したりはしないと誓いますけどね」

「そんなことをしたら告訴しますよ」

彼は春季を促した。

「行こう」

春季は彼らと連れ立って歩き出す。

今朝《けさ》の悪夢といい、なんとなく今日はろくな一日にならないような予感がする、と春季は思った。

春季がなぜそんなにも守弥のことが気に入らないのかといえば、彼と初めて会った半年前のあの日のことに、話は遡《さかのぼ》る。

「今日からこちらで一緒に研究させていただくことになります。守弥仕郎です。よろしくお願いします」

所長に紹介され、そう言って挨拶したときの彼の印象は、決して悪いものではなかった。美形で有能で上品で……取り巻きに加えるのにも十分な条件を満たしていた。会ったばかりだが、入れてやってもいいとさえ思ったのだ。

「玉斑春季です。ようこそ、第一研究室へ」

手を差し出すと、相手は握り返してきた。繊細そうに見えるが、かなりしっかりとした手だった。

「C大学からいらっしゃったとか」

「ええ」

「優秀でいらっしゃるんでしょうね。一度ゆっくりお話を伺いたいです。――今夜皆で飲むことになってるんですが、よろしければご一緒にいかがですか、歓迎会を兼ねて一杯」

そう言って、春季は微笑《わら》いかけた。

「ありがとうございます」

守弥も微笑を返してくる。だが、答えのほうは思いも寄らないものだったのだ。

「でもせっかくですが、今夜は予定があるので」

と、守弥は言った。

春季はぴくりと眉を寄せた。相手が断ってくるなんて、考えもしていなかったからだ。今までのどの取り巻きたちだって、皆大喜びだった。本当に用事があるのだとしても、ミミつきから誘われれば優先するのがふつうだろう。なのに、断る男がいるなんて。

(ミミつきのこの俺が誘ってやってるのに……!)

「……変わってますよね」

と、思わず春季は口にしていた。

「何がです？」

「ミミつきの誘いに顔色も変えないなんて」

普通はどんなに平静を装っていたって目つきが変わる。舐《な》めるようにからだを見回してくるし、絶対に誘いを断ったりしないのに。

守弥はさらりと答えた。

「ミミつきなら見慣れてますのでね」

「見慣れてる？」

「ええ。研究対象としてね。私の専門ではありませんが、今までいた大学でもミミつきの研究はしてましたから。さすがに同僚になるのは初めてですけどね」

「ああ……なるほど」

たしかに、研究者ならそういうこともありうるだろう。

とはいえ、それはそれ、これはこれのはずだ。ミミつきの価値を軽く見られたようで、不愉快にならずにはいられなかった。

「用事は本当ですよ」

守弥はくすりと笑った。

「当分のあいだは、しなければならないことがあるので……。残念ですが、どうぞ皆さんで」

春季の背後に控える取り巻きたちに視線を投げる。その瞳に見えるどこか皮肉な色に、春季は気づいた。

(……来た早々、噂を聞いてるわけだ)

手当たり次第に男と寝ている、取り巻きたちとは乱交、他人の恋人を奪って楽しんでいる
——主に声をかけてもらえなかった者たちがそんなふうに後ろ指をさしていることは、春季

自身も知っていた。

噂を聞いて、春季を蔑む者は多い。守弥は春季を敬遠することにしたのだろう。だから、用事を口実にして誘いを断った。つまり、いつであれ一緒に飲む気などないのだ。

そう察すると、不快感でちりちりと胸が疼《うず》いた。

だが、こんなことはよくあることだ。いちいち気にしていたって仕方がない。

春季はにっこりと微笑んだ。

「わかりました。ご迷惑のようですから二度と誘いません」

そう言って、踵《きびす》を返す。

気にしない、つもりだったのに、そんなにもはっきりと大人げない言葉を返してしまったのは、やはり流せない痛みがあったからなのだろうか。

それ以来、春季は守弥のことが嫌いになった。

おそらく守弥のほうも、最初からそうだったのだろう。

同じ研究室で働きながら、挨拶以外で話をすることは、今でもあまりない。たまに研究のことで意見を交わせば、対立することが多かった。

(たしかに優秀なのはわかるけど)

経歴からしてもそうだし、議論をしていてもそれを感じる。

守弥はいつもどこか飄々《ひょうひょう》としていて声を荒げさえしたことがなく、まともに相手にされてないのではないかと思うほどだったが、滅多に論破できたことはなかった。

彼のような男が、いったいなぜこの研究所へやってきたのだろう。

ここは日本の生命科学研究においては最高峰ではあるが、やはり本場はアメリカだと言わざるをえない。予算にしろ設備にしろ、彼のいたC大学にはかなわないだろうし、他の大学や研究所でも、彼の経歴なら引く手数多《あまた》だっただろうに。

トラブルでも起こして向こうにいられなくなったのか、それとも日本が恋しくなったからなのか。

(――って……)

それも別に春季には関係のないことなのだけれど。


毎日十時半を過ぎると、再び一服するのが春季の習慣だった。

今日もその習慣の通りに行動して、また研究室へ戻ろうとしたときだった。

ふいに後ろから襟を強く摑《つか》まれた。

「え……?」

振り向いた途端、頰《ほお》を平手打ちされた。

「この泥棒猫……‼」

「な……」

痛みが脳まで響いた。春季は不意打ちを食らい、バランスを崩して転びかける。そこをまた摑まれ、引《ひ》き摺《ず》られた。

「ちょっ……」

何するんだ、と叫ぶより早く、からだに激しい衝撃が走った。階段から突き飛ばされたのだ。

春季は転がり落ち、踊り場に倒れ込んだ。

「……痛う……」

何が起こったのかよく理解できないままで、上体を起こそうとする。からだのあちこちがひどく痛むが、骨は折れていないようだった。

目の前で、男が仁王立ちになっていた。

その手を見て、春季は絶句した。ナイフを持っていたからだ。

男は見覚えのある、同じ研究所員だった。そうでなければ、セキュリティをくぐって侵入することはできなかっただろう。所内はある程度安全だと思うからこそ、春季が一人でいる機会も少なくはなく、そこへつけ込まれたのだ。

「淫乱野郎っ‼　人の男を盗《と》りやがって……！」

怒鳴られて、ようやく春季は状況をおおむね理解した。

この男はおそらく取り巻きの中の誰かの恋人か、元恋人なのだろう。女性のいない世界で、男同士の恋愛はすでにめずらしくないものになっていた。そして彼は、相手が春季に夢中になってしまったことを恨んでいるのか。

「別に……盗った覚えはありませんよ」

「な……っ」

「向こうがあなたより俺のほうを好きになったっていうだけでしょう？」

春季の言葉は、相手をさらに激昂《げっこう》させたようだった。

「この……っミミつきだからっていい気になるなよ。ミミつきのフェロモンに惹かれてるだけで、おまえ自身の魅力じゃないんだからな……！」

春季は相手を見返した。

「……だから何」

自分でも思いの外、言葉は低い響きになった。

春季にとって、最初からわかっていることだった。それはそれで、楽しくやれればいいはずだ。考えたって、ミミつきである事実が変わるわけではないのだ。

「俺を選んだことに変わりはないでしょう？　悔しかったら、ミミつきになって出直したらどうなんです」

「なれるものならとっくに……っ」

そんなにいいものではないと思うのに、相手は即答した。それほどまでに恋人を取り戻したいということか。

彼はナイフを高く振り翳《かざ》した。

「畜生っ、健二《けんじ》を返せよ……!!」

切っ先が振り下ろされる。春季は避《よ》けようとしたが、階段から落ちたときの痛みが残るからだは、とっさに上手く動かない。

(刺される……!)

そう思ったときだった。

「やめなさい……!」

ふいに別の男が割り込んできた。守弥だった。

「守弥先生っ……!?」

春季は思わず叫んだ。

(な……なんで)

なぜここに彼が現れるのだろう。タイミングよく通りかかったにしても、どうしてかばってくれるのか、わからなかった。決して好かれてはいないと思うのに。

守弥は男の手を掴み、ナイフを奪い取ろうとする。男は放そうとせず、二人は揉《も》み合った。

そして次の瞬間、白いリノリウムの床にぱっと赤が散った。

「……っ……」

守弥の右手部分が血で染まる。

見た瞬間、春季は息を飲んだ。からだが震え出し、心臓が激しく音を立てる。意識が遠のきそうなくらいだった。

男は逆に血を見て正気に返ったようだった。大声で叫びながら、階段を駆け下りて逃げていく。

「も……守弥先生……っ」

春季は、手首を摑んで壁に寄りかかる守弥に、這《は》うようにして近づいた。恐怖で脚に力が入らないのと打撲の痛みとで、立ち上がれなかった。

足許で、彼を見上げる。見た感じ命に別状はないようだが、ひどい怪我《けが》だったらどうしよう、と思う。

「大丈夫ですか……!?」

「なんだかそれはこっちの科白《せりふ》のような気がしますが……。大丈夫ですか？」

「俺は特に……」

答えかけ、そしてはっと気づく。

「き……救急車……ッ」

すぐに手当てしなければならない。春季は携帯を取り出し、救急車を呼ぼうとした。手が震えて上手くボタンを押せない。

「待ってください。落ち着いて」

守弥が傍《そば》に屈《かが》み、それを制した。

「病院は隣ですから、歩いていけますよ」

「あ……ああ、そうか」

たしかに、K大学付属病院が同じ敷地内にある。救急車を呼ぶような距離ではない。歩いた方が早い。

「じゃあ行きましょう！」

春季は腰が抜けていたことも忘れて立ち上がった。

「立てますか⁉　守弥先生」

「さっきまで立っていましたが」

そう言いながら、守弥も立ち上がる。そしてすぐにも出発しようとする春季の姿を見て、くすりと笑った。

なぜ守弥が笑うのか、春季はわからなかった。

「何が可笑《おか》しいんです」

彼を見上げ、苛立《いらだ》ちながら答えを求める。

「いや、別に。――だから一人で行けますって」

「そういうわけにはいきません。俺のせいでこんなことになったのに」

「せい、ってこともないと思いますけどね。勝手にしたことですし」

「でも」

「……綺麗な目をしてますよね」

「はあ……⁉」

守弥の唐突な科白に、春季は思わず声を上げてしまった。

「透き通ってて、蒼くて、硝子みたいだ」

「な……何言ってるんですか……⁉　こんなときに……！」

春季は心底呆れた。呆れるあまりに顔が火照ってくるほどだった。綺麗だなんて、言われ慣れた言葉なのに。

「そんなに言うほど重症じゃありませんよ。多分二、三針縫うくらいで済みますよ」

専門外とはいえ医者でもある守弥は、自分で自分の怪我の程度がわかるらしい。その言葉で一応安心したけれども。

守弥はまだ微笑っている。

「いや、失礼。私のことで動揺してるあなたがあんまり可愛らしいものだから」

「なっ……」

春季は絶句した。顔がますます熱くなるのを止められない。

動揺しているのは、自分を助けようとした人間が刺されたのだから当たり前のことだ。決して相手が守弥だからというわけではないのに。

「そ——それだけ元気なら平気でしょうっ、勝手に一人で行ってください……！」

春季はつんと顔を背ける。なんてむかつく男なのかと思う。

守弥は気を悪くしたようすもなく、ただまた面白そうに笑った。

「申し訳ないんですが、ここを片づけておいてください」

そしてそう言い残し、階段を降りはじめた。

……とはいうものの。

守弥は一人で大丈夫だと言ったが、やはり気にせずにはいられなかった。

事件のことは誰にも告げないまま、用があるからと取り巻きを捲《ま》いて、春季は昼休みに研究所を抜け出した。

敷地内の公園を突っ切って、付属病院へと向かう。

「玉斑先生……！」

その途中でふいに声をかけられた。

はっと足を止めて視線を向ければ、斜め前方から歩いてくるのは、守弥だった。

「守弥先生……っ」

彼は足早に春季に近づいてくる。すっかり手当ては終わっているようで、右手に包帯が巻かれていた。

「どちらへ？」

「どちらって……」

守弥のようすを見に行こうとしていたのだが、まるで何ごともなかったような涼しい顔で聞かれると、つい口ごもってしまう。そんなにも心配したのかと思われそうで。

だが、守弥は察してしまったようだった。

「もしかして、見舞いに来てくださるつもりだったんですか？」

「……」

春季は憮然《ぶぜん》と黙る。

「それはそれは……お友達の皆さんに知られたら、もう一回刺されそうですね」

答えないのを肯定ととって、守弥はからかってきた。

「……別に、見舞いっていうか、ようすを見ておこうと思っただけです。一応、責任があるので」

「じゃあそういうことにしておきましょう」

「そういうこと、じゃなくて、そうなんです」

「はいはい」

守弥は苦笑する。

「研究室に戻る前に、昼食に行くところだったんですよ。すれ違わなくてよかった。あなたは、食事は？」

「いえ、まだ」

「じゃあ、一緒に行きますか？　車ですぐのところに、美味《うま》いランチを出す鮨屋《すしや》があるんですが」

「えっ――」

守弥に食事に誘われるなどとは、予想もしていなかった。春季はひどく驚いた。そういう親しい仲ではない――というか、むしろ仲は悪いのに。

（どういうつもりで……いや、ただの成り行きか）

「お友達の皆さんとお約束が？」

「……いえ、別に」

取り巻きたちを「お友達」と呼ぶ、そのからかうようなニュアンスにぴくりとこめかみを引きつらせる。いつも昼は彼らと食べてはいるが、今日はすでに捲《ま》いてきてしまっている。

「私を警戒してるんですか？」

「そういうわけでは」

実際、春季は守弥を警戒してはいなかった。ミミつきのフェロモンに対しても、守弥はまったく反応しているようには見えないし、不感症ではないかと疑っているくらいなのだ。

（深い意味があって誘ったわけじゃないんだろうし……）

一応同僚であることを思えば、こういう状況ならわざわざ断るほうが不自然なのかもしれない。特別なことのように浮き足立つほうが変なのかもしれない――。

ちら、と上目に窺《うかが》えば、守弥はあらぬ方向を――春季のやや後方を眺めて微笑している。

春季は怪訝に思い、彼の視線を追った。そしてそれが自分のしっぽに注がれていることに気づいた。しっぽは、春季の心そのままにゆらゆらと揺れていたのだった。

「また……！　しっぽなんかどうだっていいでしょうっ」

真っ赤になって威嚇しても、守弥は笑うばかりだ。

そして彼は囁《ささや》いてきた。

「今日のあなたのために怪我をした一件、奢《おご》ってくれたらちゃらにしてあげますよ」

「な……勝手にしたことだって、さっきまで言ってたじゃないですか……！」

「さあ、そんなこと言いましたっけ？」

守弥は白々しく明後日《あさって》のほうを見る。

上手く嵌《は》められているような気がする。しかしだからと言って、自分のために怪我をした相手から「奢れ」と言われて、断るわけにはいかないだろう。

「し……仕方ないですね。じゃあ行きますか」

まだなんだか変な照れのようなものを感じながら、春季は誘いに乗ることにした。

守弥の車に乗せられ、件《くだん》の鮨屋へと連れていかれる。

和風モダンな店構えの店内は、それなりに値段が張るためか、ランチタイムでもほどほどに空《す》いていた。

「ここは美味いですよ」

と守弥が言う通り、どのネタも新鮮で味もよかった。テーブル席に個室風に仕切りがあるのも、ミミつきの身には落ち着けて嬉《うれ》しい。

「……それで、傷の具合はどうだったんですか？」

春季もまた、守弥に倣って手で鮨を摘《つま》んで食べながら、切り出した。

「たいしたことはありませんが……」

「が？」

「ちょっと困りましたね。——これじゃあ、料理ができない」

「はあ？　料理？」

突然そんなことを持ち出されて、春季はつい声を上げてしまった。

「趣味なんですよ。料理が。でもてのひらをやってるんで、しばらくは我慢するしかないでしょうね」

「へえ……」

意外だった。——とはいえ、らしいとか意外とか言えるほど、守弥のことで知っていることなど、もともと何もないのだけれど。

(そうか……料理が好きなのか……)

一面を知ったようで、わけもなく気持ちが浮き立つ。

守弥は料理が趣味と言うだけあって、美味しいものを食べるのも好きなようだった。鮨なら片手でも不自由なく食べられるらしく、目を細めてぱくついている。

(なんか……ちょっと可愛いかも)

ふとそう思ってしまって、春季は激しく動揺した。

(何考えてるんだ、いい年をした大人の、しかも嫌味な男を)

軽く頭を振って、よけいな考えを追い払う。

「——って、それはそうでしょうけど、もっと他に心配することがあるでしょう。仕事とか」

「まあ……それも非常に困りますね。たしかに。手がこれでは授精一つさせられませんし」

そう言われると、春季はいたたまれなくなる。

春季や守弥たちの取り組んでいる研究のテーマは、人工授精させた受精卵を培養し、人工子宮に着床、成長させることだ。現在はまだ培養の段階で躓《つまず》いているが、それでもとにかく授精させられないことにははじまらない。

頼んだわけではないが、守弥が自分のために怪我をしたのは事実なのだ。

「あの……、て……手伝いましょうか」

春季は申し出た。

「気にしなくていいですよ。これでちゃらだって言ったでしょう」

と、守弥は手に摘んだ鮨を翳す。

「でも俺のせいで――」

また先刻と同じことを言いかけ、春季はふと事件のときのことを思い出した。

「そういえば、あのときどうしてあそこに？」

気になっていたのに、動転するあまり頭から飛んでいたのだ。

「喫煙室へ行くつもりで廊下を歩いていたら、なんだか怒鳴り声みたいなものが聞こえてきたんですよ。何ごとかと思って階段の下を覗いたら、あの男が刃物を出してるのが見えて、慌てて駆け降りたんです」

「そうですか……」

守弥が偶然来合わせて助けてくれなかったら、どうなっていたか。それとも守弥でない、他の人だったら、助けてくれたかどうかわからない。春季は刺されて、もしかしたら命を落とすようなことにもなっていたかもしれない。

「あの……俺、お礼も言ってなくて……。あ」

りがとう、と口ごもりながらも続けようとした春季に、守弥は笑った。

「もういいですよ。代わりにいいものを見せてもらいましたからね」

「いいものって――」

なんとなく嫌な予感を覚えながら問い返す。

「言ったでしょう?　動揺して救急車を呼ぼうとしたりするあなたはとても可愛――」

「もうけっこうです！」

春季は守弥の言葉を遮った。からかうのはいい加減にして欲しい。可愛いのはお互い様じゃないかと言いそうになり、さらなる墓穴な気がして、憮然と口を噤《つぐ》む。

守弥はそんな春季を見て楽しげに笑っていたけれども。

「それはともかく……」

ふと真顔になった。

「いったい何が起こったんです?」

「何って……」

「どうしてあんなことになったんですか?」

聞かれるかもしれないと思ってはいたことだった。けれど実際に質《ただ》されると、春季は答えに詰まる。

「……それは」

春季自身にもかなりおおざっぱにしか把握できてはいなかったし、それ以上になんとなく守弥には知られたくなかった。

守弥はこの話をするために、春季を食事に誘ったのだろうか。そう思うと、なぜだか胸に膨らんでいた何かが急速に萎《しぼ》んでいく。

「……泥棒猫と呼ばれていましたね」

「……っ」

その科白に、針でも刺されたように胸が痛んだ。そんなところから聞かれていたのかと、恨めしく思わずにはいられない。

春季は、誰の恋人も盗った覚えはなかった。泥棒猫呼ばわりされるすじあいもないはずだった。

ただ、あのナイフを振り回した男の恋人は、おそらく春季の取り巻きの中の一人なのだろう。健二、という名前には心あたりがあった。春季にとって取り巻きはあくまでも取り巻きで、彼らの誰ともつきあっているわけではない。だがあの男の恋人は、春季にばかりかまけて彼のほうを蔑《ないがし》ろにしたか、捨てたのかもしれない。

（でもそれは俺に夢中になってというより、ミミつきだからというだけで——）

本当は、あの男自身が言った通りだ。

「……どうせ」

それでもどうせ、手当たり次第に男と遊び、他人の恋人も平気で奪う——どうせ皆、春季のことをそう思っている。

「白い目で見るか、そうじゃなければからだを狙《ねら》うか——ミミつきになってからはみんな一緒なんです。必ずどっちかに分類される」

取り巻きだって、後者だ。春季にとっては、どっちでも同じようなものだった。だから、守弥にも同じように蔑まれたとしても、今さらかまわないはずだった。

春季は苦く言った。

「……あなたもそう呼びたければどうぞ」

「別に呼びたくありませんが」

「……え」

即答された言葉に、つい春季は顔を上げる。

「私なら、そっちは選びませんから」

「——……」

（そっちは選ばないって……、え……？）

――白い目で見るか、そうじゃなければからだを狙うかと、春季は言ったのだ。

泥棒猫と呼ぶ――白い目で見る――ほうを選ばないということは、逆を選ぶという意味になるのだろうか。

（いやでも、はっきりそう言ったわけじゃないし）

守弥はそもそも、初対面のときから春季のことを蔑む目で見ていた男なのだ。

なのに、どきどきと心臓が音を立てる。春季は無意識にシャツの胸のあたりを摑み、何か言おうと唇を開いた。

そのときだった。

「探したよ」

ふいに後ろから声をかけられた。周囲にまるで注意を向けていなかった春季はひどく驚き、飛び上がりそうになる。

振り向けば、取り巻きの一人が立っていた。

「永山《ながやま》……」

取り巻きの中でもリーダー格の男だ。

「こんなところにいたのか。心配したよ」

行き先を告げていない以上、簡単に見つかったとは思えない。ずいぶん探したのだろう。

心配してくれたのかと思う反面、束縛に鬱陶《うっとう》しさもまた覚えずにはいられない。——それに、多少の恐ろしさも。

「用があると言っただろ」

「用って、守弥先生と食事することが?」

「これには理由があって——」

永山が疑うような意味のある食事ではないのだ。

「私が誘ったんですよ」

見かねたのか、守弥が割って入ってくる。けれどそれはフォローというよりは、さらに雰囲気を硬くしただけだった。

「午後の始業には間に合うよう、私が責任持ってお送りしますから、どうぞご心配なく」

「それが心配なんですよ」

守弥と永山の視線がぶつかる。永山は、守弥と春季のことを邪推しているようだった。今にも火花でも散りそうな険悪な空気だ。

春季は事情を説明しようとするが、さすがにこの場ではまずいと思い直す。

「——わかったよ、帰るから」

春季は椅子から立ち上がった。幸いというか、ランチはほぼ食べ終わっていた。

「じゃあ、守弥先生、研究室で」

「ええ、あとでね」

春季が声をかけると、まるで煽《あお》るような口調で守弥が答える。もしかして面白がってでもいるのだろうか?

(たちの悪い……)

助けてもらった恩は恩として、やはり食えない男だと思う。

ぴくぴくとミミの毛を逆立てながら、永山に背を押されるようにして、春季は店を後にした。

2

あまり騒ぎを大きくしたくはなかったのだが、春季を襲った男が血まみれのナイフを持って逃げる姿はあちこちで目撃されており、事件はすぐに表沙汰《おもてざた》になった。

また、その直後に付属病院で傷の縫合を受けていた守弥と事件との関連性も、ごまかしようがなかった。

「――というより、きちんと調べて処分してもらったほうが、あなたのためだと思いますよ。騒がれるのは嫌でしょうが……」

と、守弥は言った。たしかにそうなのかもしれなかった。

刑事事件にはしなかったが、男は研究所を馘首《クビ》になり、原因となった彼の恋人は、関連施設に左遷された。永山だった。健二、という名前から予想はしていたものの、そのことに春季は少なからずショックを受けた。

事件は永山の関知するところではないはずだ。彼の処分は不当として、春季は左遷を中止するよう上にかけあった。だが、所長の人事が覆ることはなかった。

永山は九州の系列の研究所へと移っていった。

この騒ぎで、春季は前にも増して白い目を向けられることになった。

そして——。

事件の日の午後から、春季は守弥の仕事を手伝うようになっていた。

自分のせいで怪我をさせたことのうえに、ランチの負い目も加わっていた。

結局、あんなかたちで席を立つことになったために、春季は守弥に奢るのをすっかり忘れていたのだ。

それどころか支払いをせずに店を出て、結果的には逆に守弥に奢らせることになってしまった。ミミつきになって以来、食事代を自分で払ったことがなかった春季は、帰りに払って出ることも、咄嗟に思いつかなかったのだ。

つまり「ちゃら」にするチャンスも反故にしてしまったということだ。あとで気がついて、我ながら頭を抱えた。

——別にいいですよ
金を返そうとした春季に、守弥は言った。

——最初からあれは冗談でしたから。誘っておいて奢らせたりしませんよ
まるで面白がるような口調に、一本取られたような気持ちにならずにはいられなかった。

——そういうわけにはいきません……！

——いいですって

——だったら、手伝います。借りをつくりたくありませんから……！

意地になってそう宣言し、なんとなく嵌められたような気はしながらも、春季は守弥の助手を務める。

守弥の指示通りの培養液を作成し、授精させた受精卵を分割、培養したりすることは勿論《もちろん》、会議用の資料を集めたり、纏めてパソコンに入力したりすることまで、すべて春季の仕事になった。

守弥の人使いは荒く、むかついて文句を言うことも多いのだが、たいていは軽く流されてしまう。

そして春季が働いているあいだはといえば、守弥は後ろのほうでコーヒーを飲みながら、悠々とくつろいでいたりするのだ。

「いいご身分ですよね」

と、つい嫌味を零せば、

「自販機で紙コップのコーヒーを買うくらいはできますが、それ以上のこととなると、何しろ手が痛くて」

と、包帯を翳される。

「なんなら玉斑先生も飲みますか？　また奢りますよ？」

「けっこうですっ……！」

また、を強調して言われ、春季は反射的にそう答えてしまう。

（摑みどころのない男）

忌々しく思うが、一緒に過ごす時間が長くなるうちに次第に慣れ、なんとなく気安くつきあえるようになってきたとは言えたかもしれない。

守弥は嫌味だし、研究者としてはどこか真面目《まじめ》でないようなところが感じられなくもなかったが、非常に優秀なのもまた間違いなかった。どんな議論においても答えられないということがなく、興味深い話も多く聞くことができたし、有益なアドバイスをもらってしまうことさえ少なくなかったのだ。

（馴《な》れあう気なんかないのに）

守弥の怪我が治るまでには、あとどのくらいかかるのだろう。

春季が診《み》たわけではないからはっきりしたことはわからないが、冷静に判断すればそれほど深い傷ではないはずだった。

もしかしたら怪我にかこつけて、都合よく扱《こ》き使われているのではないだろうか。

（だったら、ただじゃおかないからな）

けれどそう思いながらも、手伝いが不要になる日のことを考えると、なぜだか少し物寂しい気もするのだ。

「――じゃないのか？」

「え？」

店の喧噪《けんそう》に掻き消され、聞こえなかった言葉を、春季は聞き返した。

取り巻きの皆と、いつものクラブに飲みに来ていた。一応会員制の高級店とはいえ、もっとも混みあうこの時間帯はそれなりに騒がしい。春季たちは多人数でその一角を陣取っていた。目の前のテーブルには、カクテルと綺麗に盛りつけられたフルーツなどが乗っている。

「あいつの怪我、もう治ってるんじゃないか、って言ったんだよ」

「ああ、それ、俺も思ってた」

春季が答えるより早く、別の男が答える。

「――なんで」

それは春季自身、考えないでもなかったことなのだけれど。

「だってそもそもたいした怪我じゃなかったんだろ？　てのひらとは言っても、縫ったのは二、三針って聞いたぜ」

「もういい加減、治っててもいい頃だよな」

「……治ってるんなら、なんでまだ手伝わせてるんだよ」

「そりゃ春季さんを傍に置きたいからに決まってるじゃないか……！」

一人がそう言うと、他の者たちが口々に賛同する。

「まさか」

春季はそれを一蹴《いっしゅう》した。

「ないない。楽ができるからとかならともかく、それはないっての」

「どうしてないって言い切れるんだよ？」

「どうしてって……全然そんな感じじゃないからだよ」

実際、守弥から秋波のようなものを感じたことはなかった。ミミつきのフェロモンでさえ、守弥は感じていないのではないかと思うほどだ。

「前に飲みに誘って断られたの、聞いてただろ。ミミつきに興味なんかないいんだって」

「そんな昔の話……！　あれから何ヶ月たったと思ってるんだよ」

取り巻きたちは、一頻《ひとしき》り守弥の悪口で盛り上がった。

優秀なことを鼻にかけて人を小馬鹿にしているとか、新入りのくせに生意気だとかいうことからはじまって、最後はやはり春季を狙っているという話に落ち着く。

薄々わかっていたことだが、彼らは守弥のことが——というより、春季が守弥と親しくすることが、かなり気に入らないらしい。

（誤解なんだけど）

彼らが疑うようなことは、拍子抜けするくらい何もないのに。

（――って、なんだよそれ）

自分で思ったことに、春季は動揺する。

「ばかばかしい」

カクテルを呷り、振り払うように強く言った。

「仕事で扱き使われてるだけだって言ってるだろ。そういうのはお互い全然――」

「だいたい、あんな奴に春季さんが使われなきゃいけないのが変なんだよ。あいつが勝手に助けて、勝手に怪我したくせに」

その通りだという声が上がる。

「春季さんも、ちゃんと警戒してくれなきゃ。何かあってからじゃ遅いんだよ」

「ああいう涼しい顔した奴ほど何するかわからないんだから」

「……それほど悪い男じゃないって」

口々に言い募る守弥への陰口を聞くうちに、春季の口からついそんな言葉が零れた。

その途端、一気に空気が刺々《とげとげ》しいものに変わったのがわかった。失敗した、と思ったが、後の祭りだった。

「あ……っとつまり、そんな度胸のある男じゃないって意味で……」

「——もしかして春季さんは、あの男が好きなんじゃないよね」

「まさか」

「でも、あいつのことよく見てるよな」

春季はその言葉に胸を突かれたような気がした。

見ているつもりはなかった。なのにそう言われてみると、なんとなく後ろめたい気がするのはどうしてなのだろう。

（……でも好きとかじゃないはず）

だって守弥のほうは、春季にもミミつきにもまるで興味がないのに。

「……。そんなこと、あるわけないだろ」

春季は答えたが、一瞬間が空いてしまったのが最悪だった。否定しても、場の雰囲気は悪くなるばかりだった。

「馬鹿なことばっか言ってるんなら……混んできたし、もう帰る」

居心地の悪さに、春季は逃げるように立ち上がった。

「春季さん……！」

出口へ向かうと、彼らも追ってくる。

春季はそのまま先に外に出た。

「車回してくるから、そこの角で待ってて」

言われるまま、角へ向かって歩き出す。

そのときだった。

目の前の大通りを連れ立って歩いていく守弥の姿を、春季は見つけた。

守弥は一人ではなく、見覚えのない青年を連れていた。守弥より背が低く、華奢《きやしや》で、整った顔立ちをしている。若々しくラフな服を着て、帽子を被《かぶ》っていた。

守弥は彼の背を抱くようにして、フレンチレストランのドアをくぐる。中が個室に分かれていて、ゆったりと食事ができるのが売りの高級店だった。

春季は呆然《ぼうぜん》と立ち尽くした。

（そうか……ミミつきに興味がなかったわけじゃなくて……）

すでに恋人がいたわけだ。

一緒にいたからといってそうと決まったわけではないが、今では男同士の恋愛もめずらしくはないし、ああいう店に二人きりで入るのは、やはり特別な仲だからだと思われた。それに何より、かばうように青年の背に触れる守弥の態度がすべてを物語っていた。

最初に守弥を飲みに誘ったとき彼が断ったのも、きっとあの青年のためだったのだ。

（いや……だからって、別に……）

どうでもいいことだ、と春季は思おうとする。それでも、彼らが消えていったドアから目を離せない。

「――何見てるんだ？」

取り巻きの一人に声をかけられ、はっと我に返った。

「なんでもない」

ようやく視線を逸らして答える。そう――別になんでもないことだ。ちょっと驚いただけなのだ。

そして路肩に寄せられた車に、春季は乗り込んだ。


「……なんだか機嫌が悪いみたいですね」

資料の整理をする春季の後方で、守弥が言った。あいかわらず手にはコーヒーがあり、パソコンを開いてはいるが、本当に仕事をしているのかどうか怪しい。

（まったく……）

これではせっかくの頭も持ち腐れではないか。

そもそも守弥は、優秀な割にはあまり真面目ではないようなところがある。重要な研究をしている研究者としては、どこか真剣味が足りないというか、飄々として見えるのだ。

「……そうですか？」

春季は憮然としたまま答える。

「ええ。何か怒ってでもいるような——私が何かしましたか」

「別に何も？　怒る理由もないですし」

「ですよね。私も身に覚えがありません」

「——っ……」

その通りのはずなのに、そう言われると苛立った。どうしてそうなるのか、春季自身にもよくわからない。

「でもここ何日かずっとミミの毛が逆立ってる。そう——三日くらい前からですかね。三日前の朝には、あなたはもう怒っていた。前日別れたときは普通だったのに。別れたあと……三日前は、というか三日前も、あなたはたしかお友達の皆さんと飲みに行くと言ってらしたような」

「……そうですが」

そしてあれを目撃したのだ。——だからといって、それとこれとはなんの関係もないけれども。

「それが何か」

「その席で何かあったのかと思って」

「別に何も？」

そっけなく春季は答えた。

「ちなみに今日もこれから行く予定ですが、もう帰っていいですか」

あれから春季は終業後、取り巻きたちに誘われるまま毎日飲みに行くようになっていた。断る理由もなかったし、なんとなく飲みたい気分でもあったのだ。家で一人で飲むよりは、外で大勢で騒いだほうがいい。

「だめです」

だが、守弥はあっさりと却下した。

「どうしてです……!?」

「作業が遅れてるから、取り戻さないと。連休は休みたいでしょう?」

そう言ってにっこりと笑う。

「……っ」

(誰の仕事だと思ってるんだよ……!)

残業と言ったって、作業をするのは春季だけで、守弥は今と同じようにコーヒーでも飲んで遊んでいるに違いないのだ。

むかっ腹が立って、春季はきっ、と守弥を睨《にら》んだ。

「……俺が怒ってるのは、守弥先生が不真面目だからです……! そんなにいい加減にやってて、間に合わなくて人類が滅んだらどうするんですか……!」

抗議はどこか八つ当たりのような科白になる。

守弥は苦笑した。

「まあ、私一人が研究しているわけではありませんからね。私がいなくても、成功するものなら誰かが成功させるでしょうが――」

「そんな呑気《のんき》な……」

どこかのチームが成功させればたしかに人類は滅亡から救われるだろうが、各国、各プロジェクト単位での競争は激しい。他のどこよりも早く、自分たちの手でこそ研究を成功させようと、研究者たちは誰もが必死なのだ。そもそも守弥は連休を休むつもりのようだが、一日でも早く成就させるため、休みも無関係に連日研究所に詰めている者だって少なくはないのに。

所長だって、その成果を期待して、わざわざ守弥をカリフォルニアから呼び戻したのだろうと思うのだ。

「……もしかして、この研究所では物足りないとか思ってます?」

「そんなことはありませんよ」

「本当に?」

「ええ」

春季は疑いの眼差《まなざ》しを向ける。

「……そもそも、どうしてこちらの研究所にいらしたのか、けっこう不思議なんですよね。先生なら、向こうの研究所や大学でも引く手数多《あまた》だったでしょうに」

「そうですね。……まあ、ここの百川所長には昔いろいろと世話になったので」

守弥は、引く手数多、を否定しようともしなかった。

「へえ……ゼミか何かで？」

ちら、と守弥は視線をよこす。気になりますか？　と聞かれたようで、春季は怯《ひる》んだ。

(別に気になるわけじゃないけど)

と、胸の中で言い訳する。

「うちはもともと母子家庭だったんですよ」

と、守弥は続けた。

「え……」

「父の死後、再婚の話は何度もあったようですが、母は他の男と結婚するのはどうしても嫌だと言って拒み通しましてね。で……例の伝染病で、私が小学生の頃に母が亡くなってしまうと、一人になった私は施設に入れられることになって」

春季は少なからず驚いた。このどこか上品な感じのする男が施設で育ったなんて、思いもしなかったからだ。

「所長はその施設に寄付をしてくれていた篤志家の一人だったんですが、私の成績がよかったので、奨学金の世話とか何かと目をかけてくれたんです。その後いろいろあって祖父の遺産を受け取ることができたので、大学院も留学も自力で行くことができたんですが、そのとき留学先を紹介してくれたのも所長だったんですよ」

「……そうだったんですか……」

初めて聞く守弥の身の上話に、春季は小さな仲間意識のようなものを抱いた。

父が亡くなったとき大学生だった春季は施設に入れられることはなかったが、両親がすでになく、兄弟もいないという点では彼と同じだったからだ。春季の母は、父よりずっと前に亡くなっていた。

春季はついほだされそうになってしまう。そしてはっと我に返り、なんの話をしていたのかを思い出した。

「だ……だからってごまかされませんよ。今日は――」

帰らせてもらう、という春季の言葉を遮るように、守弥は立ち上がった。空になった紙コップをごみ箱に投げて、ゆっくりと近づいてくる。

「別にごまかすわけではありませんが」

ぴりぴりとしっぽが反応した。この頃、守弥が傍へ来るとこうなる。苛つくというのか、むかつくというのか、引《ひ》っ掻《か》いてやりたいような不思議な衝動を感じるのだ。

守弥は問いかけてきた。

「こんな研究は無駄ではないのかと思ったことはありませんか?」

「え……?」

彼が何を言おうとしているのか、春季にはわからなかった。

「無駄……?」

ただ鸚鵡《おうむ》返しにし、首を傾《かし》げる。失敗に終わる研究も多いのは事実だが、研究者が自分の研究を無駄だなどと言い出したら、いったいどうなるというのか。しかも彼らの追究するテーマは、人類にとって大切なことなのに。

「……まだ女性が存在していた頃から、人工子宮をつくること自体は、理論的には可能と言われていました。または男性の体内に着床させることも然《しか》り……。それらの研究は、もう一歩のところまで来ていたはずなんです。科学の進歩はめざましかったし、我々はすぐにでも、女性なしでも子孫を生み出せるようになるはずだった。……それなのに、現実はこの有様です。世界中の科学者が、あらゆるアプローチで必死に研究に臨んでいるというのに、なぜ誰も成功しないのか?」

「……」

「人類は、神から滅べと言われているのではないかと思ったことはありませんか?」

守弥はすぐ傍へ来て、春季の瞳を覗き込んでくる。

「……自然災害でも核戦争でもないこのゆるやかな滅亡は、もっとも痛みの少ないかたちでのしあわせな滅びではないかと」

春季には答えることができなかった。

それは春季自身、まったく考えたことがないわけではなかったことだからだ。理論上成功するはずの実験が成功しないのは他でもよくあることとはいえ、今の研究に取り組むようになってからは、それが多すぎた。

優秀なだけに、守弥にはさらに強く違和感が感じられるのだろうか。

研究者として自分より上にいる男にそれを突きつけられ、春季は未来が恐ろしくなる。

春季の顔をじっと見つめていた守弥は、ふいに笑った。

（え……？）

「まあ、そうならないように残業して頑張りましょうという話ですよ」

「な……」

一気に緊張が解け、春季は一瞬絶句した。

「冗談だったんですか……!?」

「さあどうでしょう」

守弥はまだ笑っている。

「そんなわけで、お友達の皆さんには今日は行けないと連絡して、先に帰ってもらってください」

「……っ……」

春季は煙に巻かれたような気分だった。

(何がそんなわけで、だよっ)

上手くごまかして残業を承知させられたようでむかつく。だが、守弥が自分のために怪我をしたことを考えれば、やはり強くは出られなかった。

「帰りはマンションまで車で送ってあげますよ。運転なら辛うじてできますから」

と、守弥は言った。

なんだか都合よくできることとできないことを使い分けられている気がする。春季は疑い、じっとりと守弥を見つめた。

だが、守弥はそれを別の意味に取ったようだった。

「心配ですか？　私は理性的な男ですよ」

「どうだか」

興味がないだけだろう、と春季はこっそりと胸に呟く。

結局、仕方がないので残業にはつきあうことにした。

取り巻きたちには、先に帰るように言い渡す。案の定、彼らは口々に二人きりで居残ることの危険性を言い募り、なかなか承知しなかったけれど、終わったら携帯に電話するからと言って帰してしまった。それでも彼らは、店で待っていて連絡が来たら迎えに行くという。

「というわけで、送っていただく必要はなくなりました」

「それはそれは……」

問われるまま、そのことを報告すると、守弥は何か言いたげに苦笑した。


作業を終え、守弥に上がっていいと言われたのは、それから二時間近く過ぎてからのことだった。

春季は器具等を片づけ、控え室へ行って白衣を着替えた。

そして携帯を研究室に忘れたことに気づいて、一度戻る。

（あ……）

研究室にはまだ守弥がいた。

窓辺に凭《もた》れ、外を見ている。背中越しに微《かす》かに紫煙が見えるところを見ると、煙草を吸っているのだろうか。

彼は春季が入ってきたことに気づいていないようだ。このまま行ってしまってもいいけど――と思いながらも、春季は彼の後ろから、ゆっくりと近づいていった。

「禁煙ですよ」

「わっ」

声をかけると、守弥はひどく驚いたようだった。

（めずらしい）

その飛び上がりそうなほどの顕著な反応に、少し溜飲《りゅういん》が下がる。

「猫みたいな人ですね。足音もさせずに近づいてくるなんて」

「別にわざと忍び足にしたつもりはありませんが」

「もともと足音がしない仕様というわけですか。なるほど」

守弥は手にしていたまだ長い煙草を、携帯灰皿でもみ消した。

研究室は禁煙だからというより、前に煙が苦手だと言ったのを覚えていて気を遣ってくれたのだろうか。一人で吸っていたところをわざわざ邪魔したことになるのかと思うと、少しだけ申し訳なさを覚える。

「戻ってくるとは思いませんでしたよ」

「戻ったっていうか、携帯忘れたからです」

と言いながら、春季は彼に歩み寄る。

「で……そんなに一生懸命、何を見てたんですか？　人が入ってきても気づかないほど」

「一生懸命というわけでもないですが。……あれですよ」

守弥は窓の下方を顎《あご》で示した。

春季は彼の横に並んで下を見下ろす。守弥が見ていたものは、すぐにわかった。

「……ミミつきだ……」

そこにいたのは、白いウサギのミミを生やしたミミつきと、触れるほど近くを歩くもう一人の男だった。ダークカラーのスーツの醸し出す雰囲気からして男は堅気ではなさそうだが、二人はとても親しげに見える。内容までは聞こえなくても、じゃれるように楽しげに会話を交わしているのがわかる。

「第二研究室のミミつきでしょうね」

「ええ……」

第二研究室ではミミつきの研究を専門に行っていた。サンプルとなるミミつきが非常に少ないのと、生殖との関連性が見つからないために、今ここでは主流となっている研究ではないが、以前は春季も協力したことがある。

あのミミつきはその数少ないサンプルの一人で、傍にいる男はつき添いの恋人といったところだろうか。

「ずいぶんしあわせそうなミミつきだと思って、ついね」

と、守弥は言った。

スーツの男が手を差し出す。ミミつきは照れたように少し躊躇《ためら》ったが、再び男が何か言うと、そろそろとその手を取った。

――誰も見てないって
とでも言ったのだろうか。

（ここで見てるっての）

春季は胸の中で呟く。

彼らはきっと恋人同士なのだろう。春季たちに気づいたようすもなく、手を繋いだまま、石畳の道を駐車場のほうへ歩いていく。

春季は二人から目を離せなかった。やくざは嫌いだが、

（……羨《うらや》ましい）

悔しいけれど、そう思った。胸が灼《や》けてならなかった。

あんなふうに守ってくれる恋人がすぐ近くにいたら、それがミミつきにとっては最良の人生なのかもしれなかった。しかも相手が本職のやくざなら、これほど心強いことはないだろう。

けれど春季にはそんな相手はいない。言い寄ってくる相手には事欠かないが、ミミつきのフェロモンに惹かれているだけの男と恋愛する気にはなれなかった。

（それに……そんな相手ができたとしても……）

眼前に浮かびそうになる昔の記憶を、ぎゅっと目を閉じて追い払う。

春季はくるりと窓に背を向けた。

「……まだ帰らないんですか？」

「一服したら帰るつもりだったんですよ」

と、守弥は言った。

「お友達には、もう電話なさったんですか？」

「いえ……まだ。これからするところですが」

「そうですか……」

沈黙が落ちる。

携帯は手の中にある。電話して迎えを呼べばいいのに、その気になれずにいる。なんとなく……もうしばらくここにいたいような気がして。

けれどいつまでもこうしていれば、守弥に変に思われるだろう。

（……理由もないし）

春季は携帯を開き、アドレス帳を呼び出そうとする。

それより一瞬早く、守弥が言った。

「……このあいだの話を考えたんですよ」

「このあいだの話……？」

春季は手を止め、問い返した。

「鮨を食いながら話した……」

「あ……」

——私なら、そっちは選びませんから
と言った守弥の声が耳に蘇《よみがえ》る。

どきりと心臓が音を立てる。彼はあの話の続きをしようとしているのだろうか？　そう思うと、春季はひどく緊張せずにはいられなかった。

だが、違った。

「……あのお友達の皆さんと、セックスを楽しんでいるわけではないのでしょう？」

「——……っ」

あからさまな物言いに、春季は赤面した。

「な……何をいきなり」

「人が言うように乱交状態なら、ああいう言い方はしませんよね。あのとき襲ってきた男の恋人——永山先生とも、肉体関係にあったわけではなかった……勿論、奪ってもいない」

「……」

「そう思ってるんですが、どうですか」

「……その通りですが……」

ぽろりと言葉が口を吐いて出る。

守弥は信じてくれるのだろうか。そんなことは、期待してはいなかった。守弥はずっと自分のことを白い目で見ていると思っていたし、嫌われていると思っていた。

（いや……嫌いは嫌いかもしれないのか……そのことについては何も言ってないし）

春季は半信半疑なまま、守弥を見上げる。何しろあの事件以来、ますます世間の風当たりだってきつくなっているのに。

「彼らをまわりに集めている理由は、セックスを楽しみたいからじゃない。女王様気分を楽しみたいからでも――いや、それは少しはあるのか」

そう言って守弥はくすりと笑う。

春季は憮然と顔を背けた。守弥はかまわず続けた。

「彼らを侍《はべ》らせて楽しんでいたわけでも、弄《もてあそ》んでいたわけでもなく、あなたにはもっと切実な理由があった。……あの取り巻きは、まさに『親衛隊』なのでしょう?」

春季は思わず目を見開いた。守弥は何を言うつもりなのかと思う。

「ミミつきの生活は厳しいですからね。普通に通勤したり買い物したりするだけでも危険がともなう。だから複数の男をまわりに置いて、身を守ろうとした。……考えてみれば、彼らはいつもあなたを一人にしないようにしていたし、危険から遠ざけようとしていましたよね。……私を含めて」

「――……」

守弥の言葉は当たっていた。

春季が、彼らを傅かせておいたのは、身を守る盾が欲しかったからだ。そしてまた誰かに守ってもらうことなしには、まともに生きていくことも難しかったから。

なんの説明もしたわけではないのに、守弥が断片からそこへたどり着いてくれたことに、春季は喜びを覚えずにはいられなかった。彼が春季の言葉を信じてくれなければ、ありえなかったはずのことだった。

（……こんなことが嬉しいなんて）

我ながら少し馬鹿だと思う。コントロールできない自分の心が歯痒《はがゆ》いくらいだったが、どうにもできなかった。

守弥が理解してくれたことが嬉しい。

「……どうしてわかったんですか……」

「さあ……昔たくさんのミミつきを見てきたからか……それとも、あなたのことを見てきたからでしょうかね」

「え……？」

春季はその言葉に、ひどく狼狽《うろた》えた。

（今の、どういう意味だ？）

春季のことを見てきたと守弥は言った。

（そんな言い方したら、まるで）

好きだと言っているように聞こえる。

（いや、まさか……）

そう思うのに、不思議なくらい鼓動が高鳴る。

（ありえないって。今までの態度からしたって……からかってるか、それとも）

「……でも」

と、ふいに守弥は言った。春季ははっと顔を上げる。

「……上手い手だとは思いますが、これはこれで危険な方法でもある」

守弥の今の科白に囚《とら》われていた春季は、取り巻きの話に戻っているのだと、すぐにはついていけないほどだった。

「……どうしてですか？」

ようやく問い返す。

「いつ彼らが理性を失わないとも限らないからですよ」

春季自身、そのことは勿論わかっていた。ミミつきのフェロモンがある以上、何があっても不思議ではないのだ。――でも。

「……彼らはそういうタイプじゃありませんよ」

「十分に選んでいるのだから――と、いうわけですか」

「ええ」

暴力的でなく、理性的で頭がよく、それなりの上流家庭出身のエリートばかりだ。彼らはまた、騒ぎを起こせば将来を棒に振ることも理解しているはずだった。

「しかも、あなたの寵愛《ちょうあい》をめぐるライバルを常に複数傍に置くことによって、彼ら同士を互いに牽制《けんせい》しあわせ、抜け駆け的な行動を封じることもできる……」

「その通りです」

「でも、もしバランスが崩れたら？」

その言葉は、ひどく意地悪く響いた。春季は冷たく顔を背けた。

「……まさか」

「どうしてそう言い切れるんです」

「彼らは忠実な下僕《しもべ》です。そんなこと、ありえない」

「下僕と来ましたか」

守弥は苦笑のようなものを浮かべた。

「果たしてそうでしょうか？　――あれも男なのに？」

その科白は、さらに春季の怒りを煽った。自分でも心の底では不安を覚えていた部分を突かれたからなのだろうか。

春季はつい声を荒げた。

「だからって……じゃあずっと引きこもってろって言うんですか……!?」

先刻この窓から見た二人の姿を思い出す。ミミつきと、傍についていた男はとても仲がよさそうだった。

春季にああいう相手がいない以上、別の手段で埋めあわせるほかはない。いいことでないのは、わかっているけれども。

「それともあんたが守ってくれるとでも⁉」

思わず零れた言葉に、守弥がわずかに瞠目《どうもく》した。そして、やがて眇《すが》める。

「……そう来ますか」

と、彼は言った。

「そうですね。それもいいかもしれない」

「え……？」

春季は彼の顔から目が逸《そ》らせなくなる。その顔が次第に近づいてくる気がする。吐息がかかるほど近くなる。

「……と、言ったらどうします？」

唇が塞《ふさ》がれた。

一瞬、頭が真っ白になり、時間が止まった。やわらかい感触に、からだが浮き上がるような気持ちになる。

春季は無意識に目を伏せていた。啄《ついば》まれるまま応《こた》えてしまいそうだった。窓枠を摑んでい

た手が、守弥へと伸ばされる。

そのときふいに——瞼《まぶた》を過《よ》ぎった光景があった。街で見かけた守弥と、一緒にいた青年の睦《むつ》まじい姿だ。

その瞬間、春季は思わず守弥の胸を押しのけていた。

「……っ冗談でしょう……っ」

肩を喘《あえ》がせながら叫ぶ。

「そんなの、絶対ごめんですから……！」

研究室のドアが開かれたのは、そのときだった。

はっと二人は振り向いた。

春季の取り巻きの一人が、怒りを湛《たた》えた顔でそこに立っていた。

3

春季からの電話がないので、ようすを見に来たのだと彼は言った。その後ろから、もう一人現れた。

「今しようと思ってたんだ」

と、春季は答え、彼らに両脇《りょうわき》を固められるようにして駐車場へ行った。

迎えの車には、さらに二人の男がいた。

(……ただの迎えに四人も?)

いつもは二人か、せいぜい三人のローテーションなのに。

春季は違和感を覚え、思わず足を止めた。本能的な恐怖を感じて足が竦《すく》んだと言ったほうがよかったかもしれない。

「どうかしたのか」

一人が問いかけてくる。

「——気が乗らない」

と、春季は怯《おび》えを隠して虚勢を張った。

「気が乗らない？」

「窮屈だって言ってるんだよ。疲れてるのに一台に五人なんて冗談じゃない。タクシーで帰る」

「待てよ……！」

春季は踵を返したが、すぐに前に回り込まれた。

「タクシーは危険だから乗りたくないんだろ？」

たしかにその通りだ。偶然乗りあわせた運転手がどんな男かわからない以上、安全だとは言いがたい。ミミつきになって以来、ほとんど乗ったことはなかった。

「何かあったらどうするんだよ」

「一応五人乗りだし、店まですぐだからさ」

宥《なだ》められ、なかば無理矢理車の中に連れ込まれる。後部座席で両側を挟まれ、まるで逃げられないように見張られているかのようだった。

（いや……気のせいだろうけど……）

そう思うのに、ミミの毛がそそけ立つ。

車の中の空気は、ひどく重かった。

（やっぱりあれを見られたのか）

守弥にキスされたところを——タイミング的には、下から窓越しに見て駆け上がってきたというところだろうか。

だが、取り巻きは恋人ではない。春季が誰とキスしようが、咎める権利などないはずなのに。

(第一あれははずみみたいなもので、嫉妬《しっと》するようなことじゃ……)

そう思いながらふと窓の外を見て、春季ははっとした。

「……どこの店に行くつもりなんだ?」

繁華街へ向かういつもの道とは違っていたからだ。春季のマンションへ向かう道とも違う。むしろK大学の広い敷地の外側をまわり、山のほうへ向かっているのではないか。

「どこに行くんだよっ?」

再び問いかけても、答えは返ってこなかった。

「何黙ってるんだよ……! 車戻せよっ」

「すぐにわかるよ」

冷笑的に言い放たれ、思わず口を噤む。背筋に冷たい汗が流れた。

何かとてもまずい状況になっているのがわかるのに、どうしたらいいかわからなかった。

取り巻きたちは、春季の寵を失うことを恐れ、逆らうことはできないはずだと侮っていた。

互いに見張りあい、抜け駆けすることはないはずだと思っていた。

けれど彼らは実際には、春季よりずっと腕力のある男たちなのだ。敵にまわせば——そしてもし何かのきっかけで結託されたらどうなるか。

——上手い手だとは思いますが、これはこれで危険な方法でもある
守弥の言葉が耳に蘇る。

——もし、バランスが崩れたら？

今話したばかりのことが、現実になるなんて。

(俺をどうするつもりなんだよ)

逃げ出したかった。けれど車の中に閉じ込められ、両脇を挟まれて、どうすることもできない。乗る前からなんとなく危険を感じていたにもかかわらず、乗車してしまったことが悔やまれてならない。

やがて車は、大学の広い敷地の一番奥にある、今は使われていない古い建物の前に止まった。

人口とともに患者が減り、産科と小児科も不要になったために病院部門が縮小され、閉鎖された旧病棟だ。

夜に外から見るだけでも不気味で、ぞっと鳥肌が立つ。ここでどんな目にあわされるのかと思う。

「降りろよ」

取り巻きから命令口調でものを言われたのは、これが初めてのことだった。春季は言われるまま、車を降りるしかなかった。

だが、それは唯一のチャンスでもあったのだ。

春季は地面に降り立つや否や、もと来た道へ走り出した。

「逃げたぞ、追え……！」

一斉に男たちが追ってくる。

（こんなことが前にもあった）

そのことを思い出し、恐怖で凍りつきそうになるのに耐えて、春季は必死で走った。

一番近い建物は、現在も診療を行っている大学病院の病棟のはずだ。そこまでたどり着けば、きっと誰かいる。

けれど希望を抱いたのも束《つか》の間《ま》、すぐに後ろから腕を摑まれた。そのまま地面に引き倒される。

目の前に別の車が止まったのは、そのときだった。

中から数人の男が降りてくる。取り巻きの七人が、これで全員揃った。

「『ウサギ狩り』……やるまでもなかったな」

そう言った男を見上げ、春季は倒れたまま呟く。

「永山……」

九州の研究所に左遷されたはずの男が、そこにいた。

口を塞がれ、数人で抱えられて、春季は建物の中へ連れ込まれた。

降ろされたのは、産婦人科の診察室だった。来るのは初めてだが、一目でそれとわかる診察台があった。

春季はスーツの上着を剝《は》ぎ取られ、シャツとズボンだけの姿でその上に座らせられた。逃げようとしたが、すぐに腕を押さえつけられてしまう。一人対七人ではどうにもならなかった。

横たわった春季のまわりを皆が囲む。全員見慣れた顔のはずなのに、ひどく恐ろしかった。けれど怖がっていることを悟られたくない。

「……九州にいたんじゃなかったのか」

春季は永山を睨みつけた。

「辞めてきたんだ」

と、永山は答えた。

「……この前の事件のことで俺を恨んでるのか」

そして復讐《ふくしゅう》するために戻ってきたのだろうか。

だが、永山は首を振った。

「まさか。戻ってきたのはあなたの傍にいたいからだよ。あんな遠くにいたんじゃ、この美しい姿を見ることも、香《かぐわ》しい匂《にお》いを嗅《か》ぐこともできないだろ?」

その言葉と口調は、どこか常軌を逸して聞こえる。

鬱憤の溜まっていた取り巻きたちを煽り、こんなことを計画したのは永山なのだろうか。

「……おまえが皆を扇動したのか」

「扇動……それはちょっと違うね。みんなが同じ気持ちだっただけだよ。ずっとあなたの寵愛を張りあいながら、目の前に餌《えさ》をぶらさげられたまま我慢してきた。……それなのに、ぽっと出の奴に横から攫《さら》われちゃ、たまらないって言うんだよ……!」

急に激昂したように怒鳴りつけてくる。

守弥のことを言っているのだとわかる。

(でもあいつとはそういう仲じゃないのに)

「何を馬鹿なこと……」

言いかけた途端、頬を張られた。歯で口内を切ったらしく、血の味が広がる。

春季は目を見開いた。取り巻きに撲《なぐ》られるなど、信じられないことだった。

永山は春季の顎を持ち上げ、覗き込んでくる。

「ぼくたちが何も気づいてないとでも思う？　嫌いだと言いながら、気がつけばあの男を見てる。見ていないときは背中で追ってる。……ぼくたちもあなたに対してそうだから、わかるんだよ」

春季はかっと顔が熱くなるのを感じた。そんなはずはない、と思う。気になっていたのは守弥の嫌味な視線であって、彼本人ではないはずだった。——なのに、反論が出てこない。

言われてみれば、思い当たるところがないわけではなかったのだ。

無意識に視線が吸い寄せられていることがある。いつのまにか目が追っていて、はっと逸らすことがある。見えないときは背中で気配を感じている。

永山は顔を近づけてくる。

「だからぼくらは決めたんだ。独占できないのなら、せめてからだだけでも手に入れたい。あいつにすべてを奪われる前に、皆の共有物にして、飼おうってね」

総毛立つような悪寒を感じて、声が出なかった。冗談ではなかった。こんなところで、本物の動物のように飼われるなんて——しかも七人もの男に犯されながらだ。

春季は本能で反射的に逃げ出そうとしたが、捕まえられたままで診察台から降りることさえできなかった。

永山は昏《くら》い微笑を浮かべた。

「じゃあ、まずは見せてもらおうかな。二年も尽くして、一度も拝ませてもらえなかった玉の肌を……」

彼がスーツの懐から取り出したものを見て、春季は息を飲んだ。彼の手にメスが光っていたからだ。

恐怖でからだが竦み、それと同時に頭の奥で蘇りかける記憶がある。春季は必死でその記憶を頭の隅に押し込めようとした。

診察台の背もたれが倒され、ほとんど横たわるような姿勢にされる。

永山は春季の喉元にメスを差し入れてきた。

「やめろぉ……っ」

「叫んでも無駄だよ。どこにも届かない」

一気にボタンが切り取られる。そして前をはだけられ、肌をあらわに晒《さら》された。

男たちの目の色が変わった。

「……綺麗だ……」

永山が呟いた。

「真っ白で染み一つない……」

「やめろっ‼　触るな……‼」

春季は叫んだ。

無意識に助けを求め、守弥の顔が脳裏に浮かんだ。

（だめだ……来てくれるはずがない）

そんな仲ではないし、第一春季がこんな目にあっていることを、彼が知るはずがなかった。

それに、もし助けに来てくれたりしたら——。

てのひらで撫でまわされ、ぞわっと鳥肌が立つ。

「触るな……っ、それ以上触ったら——」

「どうするんだ？　何ができるのか聞いてみたいね」

「——……っ」

言葉が出てこなかった。多人数に押さえ込まれて逃げられない。そのうえこのまま監禁されてしまえば、後日誰かに訴えることさえできないのだ。

永山は、黙り込む春季の胸に唇を寄せてくる。

「乳首もピンクで可愛らしい」

そして軽く啄んできた。

「……っ」

春季は顔を背けた。嫌悪感でおかしくなりそうだった。身を捩《よじ》って逃げようとすると、咎めるように歯を立てられた。

「あう……っ」

「痛い？　ごめんね」

今噛《か》んだところを永山は宥めるように舐め上げた。

「やめ……」

「おとなしくしてないと、食いちぎるかもしれないよ」

脅されて、春季は言葉を呑《の》み込んだ。

永山の手は肌をたどって下へ降りていく。ベルトを外され、ファスナーを開けられて、ついに下着ごとズボンを引き抜かれた。

周囲を囲む男たちの口から吐息が零れた。あからさまな欲望の視線に晒され、春季はぎゅっと目を閉じる。

「ああ……こっちも綺麗だ。使い込んでなくて……」

「やめろおっ——」

中心に手を伸ばされる気配を感じ、春季は激しく脚をばたつかせて暴れた。だがすぐにその脚は押さえ込まれてしまう。そして診察台に縛りつけられた。

「この機械、まだ生きてるんだよね」

永山がペダルを操作すると、診察台の脚の部分が動き出し、膝を立てたかたちでじりじりと広げられていった。

「ひ……」

取らされる姿勢の恥ずかしさに、春季はおかしくなりそうだった。

男たちが覗き込んでくる。剝き出しにされた中心から、後ろの小さな孔《あな》まで、すべてを見られてしまう。彼らの息づかいが次第に激しくなってくるのも怖かった。

「もう我慢できない――」

春季の足許にいた男が、爪先《つまさき》にむしゃぶりついてくる。それをきっかけに、堰《せき》を切ったように他の男たちも春季のからだに群がってきた。

「――‼」

陰茎に頰ずりされ、全身を複数の男に舐め回される。ぬめぬめした感触の気持ち悪さに発狂しそうだった。春季は声にならない悲鳴を上げた。逃げ出したい、でも今できるのはせいぜい顔を背けることくらいだ。なのに、頰を摑んで引き戻され、口づけられそうになる。

そのときだった。

ふいに呻《うめ》き声が聞こえたかと思うと、片脚に感じていた舌の感触が消えた。呻き声はさらに続いた。

「……？」

春季はぎゅっと閉じていた瞼を開けた。そして足許のほうを見れば、開いたドアを背に、守弥が立っていた。

「も――守弥先生……っ」

その姿を見た途端、涙が溢《あふ》れた。彼が助けに来てくれるなんて思わなかった。いや、思い

描かなかったと言ったら嘘《うそ》になるけれども、ありえないと思っていた。

嬉しい。それと同時にさらなる恐ろしさが込み上げる。守弥の身に危害が及んだら、と。

守弥は手に棒のようなものを握っていた。床には三人の男が倒れている。春季のからだに夢中になっている隙を突いて、彼がその棒で殴り倒したのだ。

「この野郎……！」

残りの四人が守弥に殴りかかっていく。守弥がもう一人を倒したところで棒は折れ、あっというまに乱闘になった。

（武器もなしで三対一なんて）

春季は少しでも加勢したかったが、縛られていてベッドから降りることができない。必死でもがいて外そうとする。

スレンダーで優男風の外見に似合わず守弥は強かったが、相手が三人では不利だった。そのうえ永山が手にしているものを見て、春季は血の気が引いた。彼は先刻のメスを持ったままだったのだ。

振り回される切っ先を避けながら、守弥はさらに一人を床に沈めた。だがその隙を突いて、もう一人の男に背中から羽交い締めにされてしまう。その正面から、メスを構えた永山が彼に突進していった。

（殺される……‼）

それを見て春季は悲鳴を上げた。何を叫んでいるのか自分でもわからなかった。ただ、守弥に別の姿が被って見えてたまらなかった。涙で視界がひどく歪《ゆが》んだ。

守弥が背後の男を背負い投げのようにして、永山のほうへ投げ飛ばす。二人はいったんぶつかって床へ崩れたが、永山は起き上がった。ふらつきながらも、再び守弥へと向かっていく。

メスが月明かりにぎらりと光る。

それを見た瞬間、春季は叫び声を上げながら、意識を手放していた。

4

薄く目を開けると、見知らぬ天井が見えた。

(……?)

ベッドに寝かされているようだった。わずかに首を動かすと、覗き込んでくる守弥が目に飛び込んできた。

「守弥先生……」

春季はまだ朦朧《もうろう》としたままで、問いかける。

「ここは……?」

「俺の部屋ですよ」

(守弥の部屋……)

シンプルだが、落ち着いた雰囲気の寝室だった。ここで守弥は寝起きしているのか、と思う。

次第に意識がはっきりしてくる。永山たちに旧病棟の一室に連れ込まれ、襲われて、守弥が助けてくれたこと。彼が大勢の男と乱闘して、刃物まで振り回されて、殺されるんじゃないかと思ったこと。

思い出し、春季ははっと身を起こそうとした。途端に眩暈《めまい》を覚え、ベッドから落ちそうになる。

そのからだを守弥が支えてくれた。

「大丈夫ですか？　まだ横になっていたほうがいいですよ」

春季は寝かされるまま、また横になった。

「気を失ってたんですよ、あなた。覚えてます？　お宅を知らないので、とりあえず俺の家に連れてきたんですが」

「ええ……まあ」

ぼんやりと答えながら、守弥の一人称が私から俺に変わっていることに、春季はふと気づいた。自宅にいるから——オンとオフということなのだろうか。図らずもオフの守弥に触れているようで、こんな場合にもかかわらず、春季は小さな好奇心をそそられた。

守弥が頬に手をふれてくる。だがその温《ぬく》もりはじかには伝わってはこなかった。

「あ……」

春季は初めて湿布の感触に気づいた。

「だいぶ強く撲《ぶ》たれたようですね。綺麗な頬がすっかり腫《は》れてしまって」

「別にこんなの全然……」

守弥が湿布してくれたのだろう。夢中だったせいか、痛みはほとんど感じていなかったが、実際にはけっこうなダメージを受けていたようだった。

「他に痛むところはありませんか」

「いいえ、特には」

からだじゅうに残る感触が気持ち悪いだけで。

春季は守弥を見上げた。

「それより守弥先生こそ、怪我は？」

見た目、顔に少し痣《あざ》がある程度で、大きな怪我はないように見える。それでも聞かずにはいられなかった。

「たいしたことはありませんよ。少し殴られましたが、骨も折れていないし出血もありませんから」

（よかった……）

答えを聞いて、春季は深く息を吐いた。彼が死ぬかもしれないと思ったときの緊張が、ようやく解けていく。

「……だから言ったのに、って思ってるでしょう？　自業自得だって」

唇から零れた呟きに、守弥は微笑する。

「だいぶ参ってるみたいですね」

「……」

春季は憮然と沈黙で答えた。

「別に思ってませんよ」

本当かよ、と視線を向ける。

「本当ですって」

それを読んだように、守弥は言った。

春季は吐息をついた。

「……どうして俺があそこにいるってわかったんですか……?」

さすがに今度は偶然ではありえないだろう。彼が現われたときから不思議に思っていた。

「研究室から、駐車場へ行く道が見えるでしょう?」

「ええ」

「あなたを迎えに来た彼らのようすがどこかおかしかったから、気になって窓から見ていたんですよ。もともとフラストレーションを溜《た》めてるのは感じていましたしね。……そうしたら、駐車場から出ていく車が見えて……たしか飲みに行くと言っていたはずなのに、街のほうに行くはずの車の灯《あか》りが全然違う山の方へ向かっていた。……反射的にやばいと思いました」

たったそれだけのことで、心配して来てくれたというのだろうか。そう思うと、春季の心はあたたかくなる。

「最初からあとをつけておけばよかったと後悔しても後の祭りで、窓から見える範囲でどっちへ行くのかあたりをつけて、慌てて自分の車で追ったんです。他へ抜けようのない道でよかった」

車が消えた方向と目的から考えて、守弥は旧病棟ではないかと見当をつけたという。

確信までは持てないままだったが、門を入ったところで彼らの車を発見し、万一自分が救出に失敗したときの保険にその時点で警察に通報、玄関の鍵《かぎ》を壊して侵入した。棒は研究所を出るときに、武器として使えそうなものをと摑んできた掃除用具だった。

電気の消えたままの院内をだいぶ探して春季を見つけたが、そのときにはもうあの状態だったのだ。

春季が気を失った直後に到着した警察によって、永山たちは全員現行犯逮捕されたという。

守弥はその後、事情聴取を受けたが、春季は気を失っていて未聴取のままなので、明日体調が戻り次第出頭するようにとのことだった。

「もっと早く助けられればよかったんですが、手間取ってしまって……よけいな怖い思いをさせてしまいましたね」

「何言ってるんですか……っ」

　春季は思わず身を起こす。

　あのとき彼に助けてもらえなかったら、今頃春季はどうなっていたか知れないのだ。そんな義理があるわけでもないのに、彼は危険を顧みず、自分を助けてくれた。

「だ……だいたい無茶なんですよ……！　警察が来るまで待ってたらよかったんです。七人も相手して、まかり間違ったら……」

　死んでいたかもしれない。

　あらためてそう思うと背筋が冷たくなり、心臓まで凍るような気がした。涙がまたじわりと浮かぶ。それを隠すように胸に顔を埋《うず》めると、守弥の手が背を抱き締め、髪とやわらかいミミをそっと撫でてくれた。

　とろけるような心地よさで、春季は喉を鳴らしたいような気持ちになる。

「……俺のために泣いてくれるんですか？」

　と、守弥は言った。

「えっ……」

　顔を上げると、守弥は微笑を浮かべていた。

　春季ははっと我に返った。途端に守弥の目の前で――胸で泣いてしまったことが恥ずかしくなり、慌ててからだを離す。

「いっ、いいえ……！」

「じゃあ、他に何か泣く理由でもあるんですか？」

「え……？」

「前に何か、あったとか……？」

春季はわずかに目を見開いた。一瞬、胸を突かれたような感じがした。けれどすぐに思い出しかけた光景を頭から追いやり、思考を停止する。

「……何もありませんよ。これはただの……そう、生理現象みたいなものですから……っ」

守弥のためでも、他に特別な理由があるわけでもないのだと、春季は主張する。

もっと突っ込まれるかと思ったが、守弥はそれ以上言わなかった。ただ、苦笑する。

「まあ、この話はまたあとでしましょう」

「あとって……」

話すって、いったい何を話すつもりなのだろう。春季はわけもなく惧《おそ》れを抱く。

守弥は傍の椅子から立ち上がった。物理的に距離ができると、なんとなく寂しい。春季はつい彼の姿を目で追いかける。

守弥はクローゼットの中からタオルを取り出した。

「風呂《ふろ》を入れてあるんですが、よかったら入りませんか？」

「え……でも」

そこまで甘えていいものかと思う。だが、永山たちに散々撫で回され、舐め回されたからだはやはりひどく気持ちが悪かった。できることなら、一刻も早く洗い流したい。

「……本当にいいんですか？」

「ええ。そのあいだに何か食べるものを用意しておきますよ。お腹《なか》が空いたでしょう？」

そういえば、結局夕食は食いはぐったままだったのだ。守弥も同じだろう。途端に空腹が意識されはじめた。

揃いのバスタオルとフェイスタオル、着替え用パジャマと新品の下着まで至れり尽くせりに手渡され、春季はベッドから起き上がった。

「じゃあ……お言葉に甘えて」

「廊下の奥のドアがバスルームです。ちなみにその手前はトイレなので、自由に使ってください」

「ありがとうございます」

（……ん？）

ドアを開けて説明されるまま、バスルームへ向かおうとして、春季はふと足を止めた。自分が見覚えのないパジャマを着ていることに気づいたからだった。

あの診察台の上では、裸同然の姿にされていたはずだった。それが今は着た覚えのないパジャマを着せられているということは……？

「こ……このパジャマ」

「ああ、俺のですよ。あなたの服は着られる状態じゃなくなってましたのでね」

「あなたが着せたんですか……!?」

「他に誰がいますか？」

「……っ」

たしかにあの状況で、これが守弥のパジャマだとしたら、他には考えられなかった。

かあっと頬に血が昇ってくる。

「裸のままにしておいたほうがよかったですか？」

「べ……別にそんなことは言ってませんけどっ……」

けれど気を失っているあいだにからだを隅々まで見られたのだと思うと、毛を逆立てずにはいられなかった。しかも気づけば、ズボンの腰のあたりに切れ目が入れてあり、しっぽを出してあるのだ。そんなことまで守弥の手で行われたのかと思うとたまらなくて、無意識に睨んでしまう。

「俺が何かしたとでも？」

「別にそんなことは……っ！」

春季は首を振った。取り巻きに誘っても入らず、ミミつきを見ても顔色も変えなかったこの男が、今さら何かするなんて思えなかった。春季を着替えさせるときだって、ずっと涼しい顔をしていたに違いない。

だったら問題はないはずなのに、春季はさらに不快になる。

そしてはっと、別のことにも気づいてしまった。

(着替えさせたって……?)

シャーレも持てなかったはずの男が、気絶している男にパジャマを着せて、ボタンまで留めて?

春季は低く問いかけた。

「──手は?」

「え?」

守弥ははっとしたように右のてのひらを見た。

乱闘に紛れてか、包帯は解けてしまっていた。以前の傷口は綺麗に塞がっており、あの乱闘でも開いたようすはなかった。

春季はじろりと守弥を睨んだ。

「……もしかしてもうとうに治ってたんじゃ……?」

「ははは」

守弥は笑ってごまかすが、春季の指摘が当たっていたことは明白だった。

「どうして黙ってたんですかっ! 散々人のこと扱き使って……!」

「だいぶ元気になったじゃないですか」

「元気になったんじゃなくて、怒ってるんですよ⁉」

守弥はまだ笑っている。その笑顔がとても楽しそうで、春季はますます腹が立ってくる。

と、ふいに守弥は真顔になった。

「すみません」

「え……？」

「あなたを傍に置きたかったので」

「……」

春季は戸惑った。なんだか鼓動がひどく高鳴る。今のはどういう意味なのだろう。傍に置きたいとは、傍にいたいということ？

（それってまるで……）

告白でもあるような。

何か言おうとして、唇を軽く開いたまま固まる春季に、守弥は失笑した。

「あなたは優秀だから、とても楽ができましたからね」

その答えに、からだの力が抜けた。

（あ、そう……！）

つまり便利に使える下僕を手放したくないという意味だったわけだ。変なときめきを感じてしまったぶん、春季はさらにむくれずにはいられない。

「来週からは、もう手伝いませんからね……！」

春季は守弥に向かって思いきり顔を顰《しか》め、寝室のドアを閉じる。

「あ……」

そしてふと気づいた。

「……お礼言い忘れた」

手の怪我の件でいくら腹が立ったとしても、助けてもらったうえに、ここまで世話になっているのに。

（上がったら言わないと）

と、春季は思いながら、バスルームのドアを開ける。脱衣室でパジャマを脱ごうとして、ふと意識した。

（そういえばこれ……守弥先生のパジャマなんだ）

勿論洗ってあるのだろうが、彼がいつも素肌に纏っているものだと思うと、先刻の高鳴りが戻ってくるような気がする。

（……って、そんなのは気のせいだから……！）

春季は振り払い、手早くそれを脱いでいった。

ゆっくりからだを洗って汚れとともに疲れを流し、パジャマを着替えた。前のは青かったが、今度のはストライプだ。いちいち新しいのを出してくれるところが、なんとなく彼らしい。

袖《そで》と裾を二つずつ折り返し、あらかじめ空けておいてくれたらしい穴からしっぽを出す。

こんなところまで気がつくなんて、守弥は本当にまめだと思う。

そしてバスルームを出ると、リビングから灯りが漏れていた。

ドアを開けて踏み込むと、途端に魚の焼ける香ばしい匂いがした。

誘われるように奥へ進みながら、春季は好奇心旺盛《おうせい》な猫のように室内を見回す。

よく片づいていて居心地のよさそうなリビングだった。すっきりとシンプルだが、どこか温かみを感じる。ダイニングと一体になった壁はL字型に一面窓になっていて、夜景がとても綺麗だ。

守弥はその奥にあるカウンターキッチンにいた。

食べるものを用意しておくと言った通り、料理をしているらしい。何かデリバリーでも取るのかと思っていたから、意外だった。

（……そういや、前に料理が趣味だって言ってたんだっけ）

なかば冗談のように思っていたが、本当だったのか、と思う。

「ああ、ちょうどよかった」

守弥が春季に気づいて言った。

「もうすぐできますから、座っててください」

言われるまま、春季はダイニングテーブルの椅子に腰を下ろし、調理する守弥を眺めた。

その背後の棚には、やたらとたくさんの小さな壜《びん》が見える。スパイスの入れ物らしい。それを選んで振ったりする彼はとても楽しそうで、なんとなく春季まで和む気がするのが不思議だった。

「できましたよ」

守弥がカウンターを回って食事を運んできた。

炊き込みご飯と吸い物、メインの鯛《たい》に冷しゃぶサラダ他、小鉢《こばち》がいろいろ、次々と並べられるのに、春季は目を見張る。食前酒とビールまでついていた。

「……豪華ですね。料亭みたいだ。……この短い時間に作ったんですか？」

「残り物もありますよ。嫌いなものがなければいいんですが」

「それは大丈夫ですが」

「よかった」

ひさしぶりの和食だった。簡単な洋食ならまだしも、魚や手の込んだ炊き合わせなどは自分ではまったくつくれないし、取り巻きたちとは一緒に外で食べることはあっても、手料理をつくってもらったことはない。それは春季が自分の部屋に彼らを入れることも、彼らのテリトリーに踏み込むことも避けてきたからでもあったのだけれど。

ともかく、一目見た瞬間から、春季は鯛の塩焼きから目を離せなくなっていた。

「いただきます」

話は後回しにして、ともかく食べることにする。

空腹も手伝ってか、食事はとても美味しかった。つい夢中になって食べてしまい、ばつが悪くなるほどだった。

「……ごちそうさまでした」

「いえいえ。気に入っていただけたようで何より」

気に入った、などと言った覚えはないのだが、あれだけがつがつと食べてしまえば、隠しようもなかった。

てのひらで転がされているようで、守弥の人の悪い笑顔がちょっと忌々しい。

食後には、守弥は食事とは別に簡単なつまみをつくってくれた。

さすがにもう入らないと思っていたのだが、ビールの苦味によく合うせいか、けっこう進んでしまう。

「あの……」

春季は人心地つき、ずっと言おうと思っていたことを切り出した。

「今日は助けていただいたうえにいろいろとお世話になって……ありがとうございました」

ぺこりと頭を下げると、守弥は鳩《はと》が豆鉄砲を食ったような顔をした。

「……そんなにしおらしいと、なんだか不気味ですね」

「……！　人がせっかく素直に……っ」

春季が抗議するのを、守弥は両手でどうどうと馬を押さえるように宥める。

「まあ、そんなたいしたことはしてませんから」

「でもっ……この前のときと、二度も助けていただいたし」

「最初のはともかく、今回の責任の一端はたぶん俺にもある。きっかけになったのは、あれでしょう？」

研究室でキスしているのを見られたこと。

思い出すと、ぽっと頬が熱くなる。

「……わかりません。あれがきっかけだったにしては手際もよすぎたし、もっと前から計画してあったのかも」

おそらく、彼らの目から見て春季と近くなりすぎた守弥の存在が引き金にはなったのかもしれないが、それを守弥のせいとは呼べないと思う。

彼に言われた通り、ああして多数の男を侍らせてボディガードのように使うという方法は、賢いようで実際はかなり危険なものだったのだ。最初から、いつバランスが崩れてもおかしくはなかった。

「……これからどうするつもりなんです？」

と、守弥は聞いてきた。

「どうするって……」

春季は言葉に詰まる。先刻、あとで話そうと言っていたのはこのことか、と思う。

「もう、取り巻きの方々に守ってもらうわけにはいかないでしょう？」

「……」

守弥の言う通りだった。

皆逮捕されてしまったし、そうでなかったとしても、昨日までと同じでいられるはずがなかった。

これからのことを早急に考えなければならない。だけどどうしたらいいのかわからなかった。

（研究も仕事も何もかも諦《あきら》めて、また引きこもる？）

家の中から出さえしなければ、危険はかなり避けられる。

（でもだからって……俺が悪いわけじゃないのに……！）

なりたくてミミつきになったわけではない。何も悪いことなどしていないのに、これからずっと独りきりで、部屋に閉じこもって暮らさなければならないのだろうか？　それは春季にとって、辛《つら》い以上に死ぬほど悔しかった。

「一人で通勤して、買い物したり外食したり……そんなことをしていたら、あっというまに孔だらけになるでしょうね」

わかっていることを、守弥はさらに突きつけてくる。

「また新しい取り巻きをつくりますか」

「……」

そんなことができるわけがなかった。彼らは選びに選んだはずの男たちだったのだ。もう人材もいないし、たとえいたとしても、同じ轍《てつ》は二度と踏みたくなかった。

「でしょうね」

黙り込むしかない春季に、守弥は言った。

「もう、あなたは一人の男に決めるべきなんです」

「でも」

守弥は覗き込んでくる。

「俺に決めなさい。──それしかないでしょう?」

「えっ──」

「これで二回、あなたを守った。あなた次第では、これからも俺が守ってあげますよ。──三度目も、四度目もね」

「――……」

守弥がそんなことを言うとは思わず、春季はひどく驚いた。けれど思い返せば研究室で、……キスしたときにもそんなこと言っていた。

「……冗談なんでしょう？」

「どうして？　本気ですよ」

「だって……っ」

守弥には他につきあっている相手がいるはずなのだ。

(そりゃ……あれが恋人じゃない可能性だってあるけど)

しかしあのかばうような守るような扱いを思い出せば、やはりそうだと思わずにはいられない。

そういう相手がいるのに、ミミつきのガードを買って出るというのはありなのだろうか。

(同情？　責任感？　……乗りかかった船みたいに思ってるとか？)

「もう、あなたは俺に頼むしかないでしょう？」

「……どうしてそんなことを言うんですか」

低く、春季は聞いた。

「わかりませんか？」

春季にはわからなかった。濡れた目をただ見開く。

「だって……なんの得もないじゃないですか。危ない目にあうかもしれないのに……もしまた今回みたいなことがあったら」

「大丈夫ですよ。俺、けっこう強かったでしょう？」

「それはそうですけど、――でも、もし……」

命にかかわるようなことにでもなったら。

これ以上、そんな危険な目にはあわせたくなかった。病院に助けに来てくれたとき、嬉しい反面どんなに怖かったか。身を守ってもらうにしても、取り巻きたちは複数だが、守弥は一人なのだ。

思い出すとまた恐ろしさがぶり返してくる。ひどい寒気がして、春季は自分で自分のからだを抱き締めた。せっかくの酔いも覚めるようだった。

「……さっきもちょっと聞きましたが……」

そんな春季をじっと見つめながら、守弥は問いかけてきた。

「以前、何があったんですか？」

ぎくりと心臓が音を立てた。

「何がって……別に」

視線が彷徨《さまよ》う。

「……どうしてそんなことを聞くんです」

「あの病棟での取り乱しようが尋常じゃなかったから……。俺のことを誰かと間違ってる
──重ねてるみたいだった。必死で叫んで……なんて叫んだか、自分で覚えてますか？」

「え……」

「『父さん』」

「──……」

春季は思わず目を見開いた。永山を止めたかったことは微かに覚えていたけれども、そんなことを叫んだなんて、少しも記憶になかった。

「何があったんですか？」

春季は答えられなかった。

「……あなたには関係ないことです」

「あなたを二度も守ったのに？」

その言葉に、無意識にパジャマのズボンを握り締める。

「ここまで関《かか》わったんです。『関係ない』はないですよ」

たしかに、守弥がしてくれたことを思えば、「関係ない」という言葉はひどい。責められても当然だった。それでも言いたくなかった。話したくないというより、口にして思い出すのが嫌だった。

過去を振り払うように首を振る春季に、守弥はため息をついた。

「じゃあ、こう言いましょうか。──あなたを二回も守った代価として、聞かせてください、と」

「……」

その言葉に、春季は思わず顔を上げた。

ずるい言い方だ、と思う。そんなふうに言われたら、断れなくなる。

「……春季さん」

守弥は促すように呼びかけてきた。名前のほうで呼ばれたのは初めてのことで、春季はひどく戸惑った。

なぜこんなときに呼ぶのだろう。

(ずるい)

と、また思う。

守弥はじっと春季を見つめてくる。開きかけた唇が、ひどく震えた。

「……六年前……」

春季はまだ医大生だった。

ミミつきは今でも稀少《きしょう》だが、当時はまだ世界でもほんの数例しか発見されてはいなかった。ほとんど研究も進んでおらず、春季自身にとってもミミつきの存在は、都市伝説のようなものだったのだ。

だが、そのミミつきになってしまった。

春季はすぐに、父の友人である百川教授の勤める大学病院で検査を受け、研究対象として協力することになった。

「なるほど……百川教授とはそういう縁があったんですね」

「ええ……」

ミミつきになっても、その頃の春季にはたいして自分が変わったという自覚がなかった。フェロモンのことを聞いてはいても、さほど重要なことだとは思っていなかったし、世間の人から奇異な目で見られるのが不快なだけで、帽子でミミを隠しさえすれば普通に暮らせると思っていた。父や教授には、家でおとなしくしているように口を酸っぱくして言われたけれども、納得していなかった。

大学にも通えず、閉じこもってばかりいるのが、春季はひどく苦痛だったのだ。

「だから俺はある日、父のいないあいだに家を脱け出したんです……」

思い出すのも口にするのも苦しい。何度そのことを後悔したか知れなかった。

けれど飛び出したその時点では、先に起こる出来事を予想さえしていなかったのだ。

ひさしぶりのクラブは楽しく、なぜだかいつも以上にまわりに人が群がってくるのも面白かった。

「あとで考えれば、当然フェロモンのせいだったんですけどね」

それでも、その店は比較的程度がよかったのかもしれない。帽子を落としてミミを見られても、店内にいるうちは何ごともなく済んでいた。

事件が起こったのは、店を出てからのことだ。

春季は待ち伏せされ、ウサギ狩りにあったのだ。

公園へ追い込まれ、何人もの男たちに追い回された。彼らの会話で、捕まれば今夜にも船に乗せられ、外国に売り飛ばされることがわかった。

「必死で逃げて、逃げて……」

どんなにか恐ろしかっただろう。

「でも捕まって引き倒されて、もうだめだって思って。——でも、そのとき父が」

飛び込んできたのだ。

当時のことを思い出し、じわりとまた涙が滲《にじ》んでくる。

彼は聞き込みと携帯のGPS機能によって春季の居場所を見つけたのだった。そして警察には通報したものの、彼らの到着を待っていられず、自分で春季を助けに来た。

「でも、腕に覚えもない素人《しろうと》がたった一人でウサギ狩りに対抗しようとしたって……」

かなうはずがなかったのだ。

「それで、父はよってたかって殴られて、蹴《け》られて、……そのあと警察が来たけど、もう」

瞳に溜まった涙が零れた。次々に溢れて止まらなくなり、ダイニングテーブルに突っ伏した。父を失ったときの、胸が潰《つぶ》れるような悲しみが蘇る。春季にとって彼だけが唯一の肉親だったのに。

「……辛かったでしょうね」

守弥の手が頭を撫でてくれる。その温かさにまた涙が溢れた。

「どう言ってあなたを慰めたらいいか……もっと気の利いたことを言えればいいんですが、

……すみません」

能弁な男が言葉に詰まっているのは、めずらしい姿だった。それだけに深い同情が感じら

れる気がして、春季は首を振った。

「そ……外に出るのが怖くて、それからしばらくは家に引きこもってました。サンプルとし

て研究に協力するようにって、大学から迎えが来ても拒否して……でもある日、百川教授が

直接家に来て」

——ミミつきであることが変えられないとしても、いいことだってあるはずだよ。それを

利用することを考えてみたら？

と、言ったのだ。

——今ならどんな男もきみの言いなりになるよ

「先生が……？」

春季は頷いた。

「それで今のような取り巻きを身の回りに集めるようになったんですか？」

もう一度頷く。

一人の人間だけに守ってもらうのが不安なら、人数を揃えたらどうか――そう気づいたのは、本当はさらに少したってからのことだ。

もしかしたら百川は、守ってくれる特定の相手をつくれという意味で言ったのかもしれなかった。けれど春季は、そうすることがどうしても怖かった。

「……辛い話をさせてしまいましたね」

と、守弥は言った。春季は首を振った。

守弥を気遣ったわけではなく、父のことを口に出せてかえってよかったのかもしれないと思ったからだ。何が変わったわけではないけれども、少しだけ楽になったような気がした。

守弥は自分の椅子を離れ、春季の傍へ来る。そして跪《ひざまず》いた。

「お父さんのことは本当に残念でした。だけど、だからといってあなたが引きこもることはない」

「……でも」

「大丈夫。これからは俺が守ってあげますよ」

その言葉に、春季は濡れた睫毛《まつげ》を瞬《しばたた》かせた。

「……何言ってるんですか……、なんのために話したと思ってるんですか？　父のような目にあうかもしれないんですよ？　……あのときみたいに、もう誰も俺のために死んだりして欲しくない……」

「死にませんよ。ほら……ぴんぴんしているでしょう？」

守弥は春季の手を取り、自分の顔を触らせた。

「でも……っ」

「でも、が多いですね」

守弥は笑った。

「俺は頼りになりますよ。今日だって一人で七人を倒して自分はかすり傷なんだから、強いのはわかったでしょう？」

「……武器を持って不意打ちしたからでしょう」

憎まれ口を叩きながらも、また涙が零れる。

「頭を使ったんですよ。万が一にも失敗するわけにはいかなかったんですから。それでもあなたが気を失ったあとも入れて、素手で四人は倒してるんですが……。不安なら、これからも武器はいつでも持ち歩くことにしますよ」

頭も回り、父より腕力もずっとある彼なら、父のようになることはないのだろうか？

それでもまだ春季は頷けない。

「でも……そこまでしていただくわけには……。だってあなたには」

恋人がいるんでしょう、という問いかけを、つい呑み込んだ。口にするのが怖かった。言ったら、何かが壊れるような気がした。

「……俺には、なんです？」

守弥は聞き返してくる。

「……だから、なんのメリットもないでしょう？」

と、春季はごまかした。

守弥はため息をつく。

「あなたは本当にわかっていませんね……」

「え……？」

「いや、メリットならありますよ」

守弥の目が意地悪い光を帯びる。春季は首を傾げた。

「……なんです？」

「ミミつきのからだ」

その答えに、春季は驚いて、しばらく声も出せなかった。

「ど……どういう意味ですか。あなたはミミつきには興味がないんじゃなかったんですか

……!?」

「そんなことを言った覚えはありませんが」

「だって今まで……」

取り巻きに誘っても乗ってこなかった。普段の態度だって、全然そんな感じじゃなかったのに。

春季は騙《だま》されたような気分だった。

「……じゃあミミつきのからだ目当てってことですか……⁉」

「ひどい言われようですが、まあそうです」

「……っいくら他から守ってもらっても、あなたに抱かれたら同じことでしょう……⁉」

「同じですか？」

守弥の目つきがさらに意地悪くなる。

「まあ、あなたにとってはそうかもしれませんね。……でも、俺なら乱暴やひどいことはしないし、勿論病気も持っていません。あなたをどこかに売り飛ばそうとしたりもしないし……とても安全な男だと思いますよ？」

「でも」

「守ってあげる代わりに、そのからだを俺に差し出しなさい」

「――……」

（守弥先生に守ってもらう……ミミつきのからだと引き替えに）

そう思うと、わけのわからない動揺が胸に渦巻く。

「やっぱり……」

「差し出す決心をしなさい」

まだ迷う春季の言葉を、守弥は強く遮った。

そして強く引き寄せられたかと思うと、唇を奪われた。

とっさに閉ざしきれなかった隙間から、舌が忍び込んでくる。搦《から》めとられ、やわらかく擦られる感触に、からだが溶けそうになる。

「ん、ぅ……っ」

押し返すため、守弥の腕を摑んだけれども、なんの効果もなかった。

掬《すく》い取るように抱き上げられ、リビングのソファへと運ばれる。横たえられると、守弥はすぐに覆い被さってきた。

「や……やめ……っ」

「やめませんよ」

守弥は微笑する。

「悪い取引じゃないはずですよ？」

「取引……」

その言葉がなぜだか胸に痛くて、泣きたいような気持ちになる。

「……っ人の弱みにつけ込んで……っ」

「なんとでも」

守弥は笑みを崩さない。

そんなひどい男なら、危険に晒すことを申し訳なく思う必要などないのではないか。割り切って世話になればいいのではないか――。

そう思うのに、心は決まらない。

「おとなしく俺のものになりなさい」

再び唇が重なってくる。

春季はまだ迷い続けながら、そのキスを受け入れた。

5

迷っているうちに何度もキスされ、頭が霞《かす》んだ。

唇はやがて乳首に落ちる。服をはだけられ、じかに胸を撫でられ、舐められる。たまらなくぞくぞくして、何度も腰が浮き上がった。取り巻きたちに輪姦《まわ》されかかったときには、気持ち悪いとしか感じられなかったのに。

「ん……んん……っ、ぁあ……ッ」

何度も押しのけようとしたけれども、手に力が入らなかった。

「嫌ならもうちょっと力を入れて拒まないと」

と、守弥は笑う。

「や……あっ」

「嫌じゃないでしょう？　自分で見てごらんなさい。可愛いですよ」

囁かれるまま視線を落とせば、赤く染まり、こりこりに凝った自分の乳首が目に飛び込んできた。ツンと尖《とが》りきった先端が、まるで誘っているかのようだ。

「あ……」

そこへ守弥は唇を寄せてくる。

「ひっ……あぁ……ッ」

軽く歯を立てられ、春季はびくんと仰《の》け反《ぞ》った。腰にまで痺《しび》れが響く。

「……気持ちよかったみたいですね」

守弥は微笑した。

「少し漏れてる」

先端のぬめりを指で掬い取り、目の前に翳してみせる。それを見た途端、かあっと体温が上がった。

守弥は春季の中心へ身を伏せてきた。

「や……あぁぁっ――」

先端だけをくわえ、舌先で嬲る。

「あっ、あぁっ、あぁっ……！」

敏感なところを集中的に責められ、びくびくと腰が浮いた。縋《すが》るものが欲しくて、ソファの背を思いきり握り締める。

いつのまにか、片脚を肩の上に担ぎ上げられ、春季は両脚を大きく開かされていた。

（こんな恰好《かっこう》……っ）

嫌なのに。

「あ……あ――……っ」

思いきり喉を反らす。刺激が強すぎて、イキそうでイくことができない。

「ああっ、ああっ、ああっ――もう……っ」

このままではおかしくなりそうで、無意識に激しく首を振った。守弥の髪を掴む。

「あ……あ……ああ……」

先端ばかりを責めていた守弥が、ようやくそこから離れた。

けれどほっとする暇もなく、茎の部分を舐め上げられる。何度も繰り返されると、そのたびに頭が真っ白になった。

どろどろと自分が雫《しずく》を零し、濡れていくのがわかる。

「守弥……せん……っ」

「なんですか?」

「もう……っ」

「降参ですか。思ったより早かったですね」

「……っ」

春季はきっと守弥を睨みつけた。

「誰が……!」

「よかった。そのほうがこっちも愉《たの》しめる」

「え……？　ちょっ」

守弥は中指を舐めたかと思うと、それで後ろを探りはじめた。

「や……何っ……」

知識がないわけではないが、それでもそんなところを抉《えぐ》られるとは具体的に想像したことがなかった。春季はひどく狼狽《ろうばい》した。慌てて押しのけようとするけれども、守弥のからだはびくともしなかった。

「初めてなわけではないんでしょう？」

問いかけられても答えられなかった。守弥に知られたくない。けれどその態度で、守弥には悟られてしまったようだ。

「……本当ですか？」

守弥は瞠目した。春季は憮然と黙る。

「……ミミつきでこの年まで無事とは……取り巻きの皆さんに感謝しないといけないかもしれませんね……」

守弥はそう言ってまた唇に口づけてきた。

そして唾液《だえき》と春季が零したぬめりの助けを借りて、指を体内へ挿《さ》し込んできた。

「やぁっ……ああ——ッ！」

からだを割り開かれる感覚に、春季は声を上げずにはいられなかった。拒もうとして下腹に力を込めると、なおさら異物感を強く感じてしまう。

「……痛くはないでしょう?」

「痛い……っ」

春季は悔しまぎれに叫んだ。

「気持ち、悪……っ、抜い……っ」

「抜きませんよ。……たっぷりと可愛がってあげるんですから」

守弥はゆっくりと指を動かしはじめた。注意深く、探るように掻き回す。浅いところをほぐしたかと思えば、深く貫いてくる。

「ああっ……」

指先が体内のどこかを軽く掠《かす》めた瞬間、春季は大きく仰け反った。不思議な感覚が背筋を貫き、半端に放り出されたままだったものが、さらに硬度を増すのがわかる。

守弥は春季のからだをさらに深く、半分になるほど折り曲げた。

「ほら……自分でごらんなさい」

「や……」

「言うことを聞きなさい」

手で顔を覆っても、すぐに解《ほど》かれてしまう。

どうして聞かなければならないのか、よくわからなかった。けれどなぜか抗《あらが》ってはいけない気がして、春季はそろそろと視線を落とす。

「あ……っ」

かちかちに勃起《ぼっき》したそれが、腹の上で揺れていた。先端から零れた先走りが腹に垂れるのまで目に入り、ひどくいたたまれなくなる。

なのに視線を外せなかった。

守弥は中指に人差し指を添え、これ見よがしに挿入してきた。

「や、……ぁあぁっ……！」

中の感覚と視覚的な刺激と両方で、びくびくと性器が震える。太さを増したぶん、よけいに刺激が強くなる。指を交差させて搔き回されると、恥ずかしいくらい溢れ、糸を引く。

「……っぅうっ、ぁあっ、ああっ――」

あからさまな悦《よ》がる声が抑えられなくなっていく。

「後ろだけでイッてみますか」

「……んな、無理です……っ」

「できますよ」

「……ひ、ゃあぁぁ……っ」

先刻のポイントを、守弥は指の腹で押してきた。繰り返し擦《こす》り、弄り回す。そんなことをされると、腰が痺れてたまらなかった。

「ああ——そこ、や……ああっ、だ、めぇ……っ」

何度も首を振り、訴えたけれども、やめてはもらえなかった。

「あ、ぁああっ——！」

びくん、びくんとからだを引きつらせる。

春季は初めて他人の手で——しかも中で覚える快感だけで吐精していた。

ぐったりとソファに身を沈める。肉体的にも精神的にもショックで、もうこのまま眠ってしまいたかった。

だが、これで終わらせてもらえるはずがなかったのだ。

指を引き抜かれたかと思うと、下半身を再び抱え上げられた。守弥は春季の、今まで散々指で嬲っていた窄《すぼ》まりに、自身の先端をあてがってきたのだった。

「やめ、無理……っ」

「無理じゃありませんよ。今日、何度『無理』って言ったと思います？　でも全部できたでしょう」

指摘されればその通りだった気がして、春季はかあっと頬が火照るのを感じた。

「ほら、呑み込みますよ」

ゆっくり、春季の窄まりを広げながら、先端のまるい部分が入ってくる。深くからだを折り曲げられているせいで、春季にもそれがなかば見えてしまう。

「あ……裂ける……っ」

「裂けませんよ。けっこう美味しそうに呑み込んでいるでしょう……？」

「ああ……あ」

目を逸らすこともできずに、春季はそれを見つめていた。

（嘘……ほんとに挿入《はい》ってくる……）

守弥の一部が。指よりずっと熱くて大きなものが。

そう思った途端、ぎゅっとそこが締まるのが自分でわかった。守弥が小さく息を詰める。

「……どうしました？　気持ちいいところに当たりましたか？」

「ちが……っ」

それはもっと違う、もう少しだけ深いところだ。

「……そうですよね。……ここ、ですよね」

「ああ――ッ！」

ずるっと挿入され、先端で先刻のところを穿《うが》たれて、春季は仰け反った。指で掻かれるよりずっと強い刺激だった。

守弥は少しからだを引き、再びずぶずぶと押し込んでくる。

「う……うぅ……っ」

広げられて痛い。圧迫感で苦しい。けれどそれより……気持ちがいいと思ってしまう。自分が信じられなかった。

春季の目から無意識のうちにぼろぼろと涙が零れる。

「……春季さん」

驚いたように守弥が名を呼び、目許に口づけてくる。

「可愛い……本当に可愛い」

囁いて、唇を合わせる。キスしながら、さらに深く、奥までからだを進めてくる。

「ああ……っ」

「ほら……全部入った……」

守弥の声が少し掠れる。それがひどく色っぽかった。

「動きますよ」

守弥が奥を突きはじめた。ぐちぐちと音を立てて、ゆっくりと動く。

「あ、あぁ、あぁ……っ」

太いものが壁を擦って深く穿つたび、春季は声を上げずにはいられなかった。

「ほら……あそこも、……乳首まで尖ってるのがわかりますか？」

囁かれ、視線を落とすと、守弥の言った通りだった。どこもかしこも誘うように尖っている。意識すると途端に痛いほど疼き出す。

嵌めたまま、守弥が乳首に口をつけてくる。

「ああッ……ふ……っ」

舌で押し潰され、ぞくぞくっと快感が這い上がる。ついさっきまでは、そんなところが感じるなんて考えたこともなかったのに。

「はあ、あ、そこ、あぁ……やぁ……っ」

挿れられ、犯されながら乳首を弄られると、中がびくびくしてたまらなかった。腰が溶けそうで、気持ちがよくて、何もわからなくなる。何度も舐め上げられて、そこがこりこりに凝る。

「ひぁ……っ」

歯を立てられ、仰け反った。

同時に後ろをきゅうっと絞り込む。

そのまま春季は一気に昇りつめていた。


一瞬、意識を飛ばしていたらしい。

気がついたときには、春季は湯の中に浸かっていた。ミミにふれる感触が心地よい。つけ根から毛の流れにそって舐められ、軽く歯を立てられる。

（風呂……？）

開けっ放しの蛇口から注がれる湯が、広い湯船から溢れそうになっている。

そのカーブを描く乳白色のバスタブは春季のマンションのものではなく、けれど見覚えはある。

（風呂はさっきも入らなかったっけ……？）

そしてはっと凭れている背中のやわらかさに気づいて振り向けば、春季は守弥の膝に抱きかかえられていたのだった。

「……っ！」

すべてを思い出し、羞恥《しゅうち》で頭が沸騰する。

春季はとにかく守弥の膝から立ち上がろうとした。その途端、よろめいてまた元通りに座り込んでしまう。腰から下に力が入らないのだった。

「無理しないで」

守弥が囁いてきた。

「な、な、なんで一緒に風呂なんか……!?」

「洗ってあげようと思ったんですよ？　中出ししたまま放っといたら、お腹壊すかもしれないでしょう？」

「なっ……」

中出し、という言葉に絶句する春季に、守弥はさらに追い打ちをかける。

「ま、あなたが俺のをずっとお腹の中に溜めときたいって言うんなら、無理に掻き出すとは言いませんけどね？」

「——っ……」

春季は思わず振り向いて守弥に摑みかかろうとしたが、その途端、腰にずんと痛みが走った。

守弥は春季を抱き留めながら、小さく笑った。

「何が可笑しいんです⁉」

「いえ……とても可愛いと思ってね」

片手を背中にすうっとすべらせてくる。

「いっそ孕《はら》めばいいのに」

「ひっ……！」

指が後孔へとたどり着いた瞬間、びくん！ と勝手に身体が跳ね、しっぽが水面を叩く。

春季は逃げようとして暴れたが、守弥は抱き込んだ腰を放してはくれなかった。

「な、何、やめっ、放し……！」

「掻き出してあげるって言ったでしょう？」

「やめ、そんなの自分で」

「自分でしますか？　だったらどうぞ？　けど、俺は出て行きませんから。あなたが自分でココに指を突っ込んで掻き出すところを、ゆっくり見物させてもらいます」

「な……」

春季は絶句した。

「こ……この変態……！」

そう叫んでも、守弥は勝ち誇った顔で笑うばかりだ。

実際、もともと腕力差があるのに、力が抜けてまったく言うことをきかなくなっていることの身体で、守弥をバスルームから追い出すことは不可能に近かった。

どうします？　と守弥は問いかけてくる。

「ここまできたら、毒を食らわば皿まで、じゃないですか？」

春季は唇を噛んで睨みつける。そしてたまらずに目を逸らした。

守弥はそれを肯定と取ったらしい。

「少し腰を浮かせてください」

春季を膝立ちにさせて自分の腰を跨《また》がせ、前から手を差し入れてくる。

「挿れますよ」

囁いて、宥めるように春季の首筋にキスしながら、指を後ろに埋めてきた。

た。

「……はっ……」

挿れられる瞬間、小さな息が漏れた。

顔を隠すように、守弥の肩に伏せる。毒を食らわば皿までだと守弥は言うけれども、たとえ最後までしてしまったあとであっても、中を洗われるのにはまた別種の激しい羞恥があった。

(信じられない……いったい何をやってるんだ、俺は)

自分を無理に抱いた男と一緒に風呂に入って、身体の中まで洗わせているなんて。

守弥が春季の体内で、ふいに指を折り曲げた。

「あ、だ……ッ……」

やめさせようとした言葉が、ただの喘ぎになってしまう。指は二本になり、春季の後孔を広げ、白濁を掻き出していく。

「あ、……っお湯、が……っ」

逆流する感触に、春季は背を引きつらせた。

「気持ちいいですか?」

「馬鹿な……っ」

ただ中を洗うだけの行為が、気持ちがいいわけがないのに。

「まだ……?」

「まだまだですよ。……たっぷり出したからね」

（たっぷり、出したのか……）

なかば朦朧とした頭でその言葉を反芻《はんすう》し、なぜだかぞくぞくした。

「あ、はっ……はぁっ……」

指で掻き回されると、奥の深いところがぞわぞわしてくる。たった一度の行為で、春季は中を犯される快感を覚えつつあったのだ。

「あっ、あっ」

「……挿れていいですか……？」

守弥が囁いてくる。

冗談じゃない、と春季は首を振った。

「さっきはさせてくれたじゃないですか」

「そ……そうだけど、でももう」

守弥は聞かず、春季を抱え上げ、洗い場に抱き下ろした。顎を捉《とら》え、瞳を覗き込んでくる。

「どっちにしても一度はしたんですから。これからも俺の言うことを聞いて、おとなしく抱かれていたほうがいい。……でないと、一回我慢したのが無駄になりますよ」

「そんなこと……っ」

納得してない、という言葉を封じるように軽く唇を合わせて覆い被さってくる。そして後孔に先端をあてがったかと思うと、そのまま貫いてきた。

「あああ……！」

春季は悲鳴のような声を漏らした。

「あ……あ……っ」

慣れなのか、身体がほぐれていたからなのか、痛みはほとんど感じなかった。ただ強烈な感覚をすぐには受け止めることができなくて、激しく息を吐きながら慣れようとする。守弥の肩に縋りつく。

守弥がゆっくりと腰を使いはじめた。

「あ、あぁ、あぁっ……！」

わざと春季のそれが、腹のあいだで擦れるように動かされる。内側と外側から押し寄せてくる快感に翻弄《ほんろう》されて、春季はおかしくなりそうだった。

「ひ、あ、……っン……！」

「気持ちいい……？」

守弥は再び囁いてくる。突き上げる速さが少しずつ速くなる。中で大きくなっていくのがわかるような気がする。

「だめ、だっ……」

射精されたら、せっかく掻き出したのが無駄になってしまう。

訴えても、守弥はやめようとはしなかった。それどころかさらに動きを速めてくるのだ。

「やあ……あ……あぁぅ……っ」

喘ぎが零れるのを抑えきれない。

いつのまにか、その動きにあわせて、春季は腰を揺すりはじめていた。からだの中を擦られ、食い締めて、奥まで貫かれることに感じていた。気持ちがよくてたまらなかった。

「気持ちいいんでしょう?　自分で腰を使ってしまうくらいに」

「嘘……、あ……っ」

そんなこと、絶対認めたくないのに。

深く侵される充溢感《じゅういつ》に、我慢できずに守弥を締めつける。

その瞬間、守弥は春季の中から自身を抜き取った。

「あああ……!」

肉襞を強く擦られる感触に声を上げ、一気に昇りつめる。

春季が達したのと、温かいものが下腹にかけられたのは、ほとんど同時だった。

(嘘……)

守弥が放ったもので汚された自分自身を、春季は何かとても淫《みだ》らなものを見る思いで見下ろすばかりだった。

視線を感じて、まだぼうっとしたままふと顔を上げると、守弥がじっとその場所を見つめめていた。

「……？」

春季は首を傾げる。

「流すのがもったいない」

と、守弥は言った。

「俺が出したもので汚れたあなたは、とても素敵ですよ」

「なっ……」

見かけによらず、守弥はもしかして本当に少し変態なのではないだろうか。春季は疑いながら、慌てて起き上がろうとする。

「冗談ですよ」

と、守弥は笑った。シャワーを手にし、水流を中心に向けてくる。

「うぁ……っ」

その刺激で、春季はまたびくんと反応しそうになる。

「もう一回しますか……？」

と、守弥は楽しげに覗き込み、囁いてくる。

春季はその手からシャワーを奪い、正面から顔に向けて攻撃した。

6

風呂から上がったあとは、湯あたりしたのかもしれないが、さすがにぐったりとして動く気になれなかった。

促されるままにベッドに倒れ込み、そのあとのことは記憶にない。

空腹で目が覚めたときには、翌日の午後三時を過ぎていた。飛び起きて確認し、春季は軽くショックを受けた。

(……と言っても当たり前か……)

寝たのも遅かったし、一日のあいだにあまりにもいろいろなことがあって疲れ果てていた。

(いろいろなこと……)

その内容を思い出し、かっと全身が熱くなる。いたたまれずベッドに起き上がれば、春季は裸だった。しかもその肌にはそこらじゅうに赤い跡が残っている。

春季はますます赤くなり、ともかく何か着ようとしたが、自分が借りていたパジャマはどこにも見あたらなかった。

仕方なく、目についた守弥のシャツを着て寝室を出る。彼のほうがサイズが大きくて、太《ふと》腿《もも》あたりまで隠れるのがせめてもだった。

何かとても文句を言いたい気分だった。腰はだるいし跡はたくさんついているし、そもそも春季は彼と取引すると決めたわけではないのだ。それなのに押しきられて、ずいぶんいろいろされてしまって。

（……もう、こんないい加減なことはしないようにしないと）

少なくともはっきり心が決まるまでは、もう二度としない。

（あいつにもそう言わなきゃ）

「守……」

そう思いながらリビングへ入ったにもかかわらず、途端にいい匂いが漂ってきて気がそがれてしまう。

「ああ、やっと起きましたか。いい加減また起こしに行こうかと思ってたんですよ」

守弥がキッチンのほうから声をかけてきた。

「……また、って……」

「四回起こしたかな。警察の事情聴取は、体調不良ということで明日に延ばしてもらいましたから」

そういえば警察へも行かなければならないはずだったのだ。春季は思い出して、軽く頭を抱えた。

「そんなことができるんですか？」

「病院のほうの知人に頼んで、診断書を出してもらったので」

「そうですか……」

手回しのよさに恐れ入りながら、一応礼を言おうとしたときだった。

「それにしても素敵な恰好ですね」

「……っ」

春季は思わず毛を逆立てた。

「これは他に着られそうなものがなかったから……！」

守弥は喉で笑った。

とうにできていた料理を温め直してテーブルに運んでくる。

ほとんど夕食の時間だが、一応春季にとっては今日最初の食事だからか、昨日の夕食にくらべればシンプルで消化のよさそうなものが並んでいる。大根下ろしの載った焼き魚が非常に美味しそうだった。

春季はまた釘《くぎ》づけになってしまいそうな視線を、無理矢理そこから剝がした。

「で……昨日お借りしてたパジャマは、どこへやったんですか？」

勧められるまま、椅子に腰を下ろしながら、春季は聞いた。

「洗濯機の中ですよ。だいぶ汚してしまいましたからね」

「……」

そう言われれば思い当たり、春季は憮然と黙るしかなかった。

「あとで新しいのを出してあげますよ」

「今出してくださいっ」

「せっかくの目の保養なのに、もったいない」

守弥は高笑いする。

「ちなみにあなたの服は、シャツのほうは破れて捨てるしかありませんでしたが、スーツは大丈夫そうだったのでクリーニングに出しておきました。明日にはできあがってくると思いますよ」

「それはどうも、ごていねいに……！」

なんだか、凄《すご》く馴れあってしまっている、と思う。結局なし崩し的に泊まってしまったし、すっかり守弥のペースに乗せられているような。

そのへんを詰めて話したいのに、焼き魚が春季を誘惑する。

（と……とにかく食べてから）

春季は箸《はし》を取った。

そして食事が終わると、守弥は食器を片づけに立った。春季は一応手伝うと申し出たけれ

ども、

「かまいませんよ。すぐ終わりますから」

と、軽く流された。

「あの……」

春季はカウンター越しに話しかける。

「すみませんが、それが終わったら送ってもらえますか？」

「送る？　どこにです？」

「俺のマンションに決まってるでしょう」

「別にここにいればいいじゃないですか。手間が省けるし。連休明けにはここから研究所まで送ってあげますよ」

「そういうわけにはいきません……！」

「どうして？」

「どうしてって……」

少し悩んで、春季は答えた。

「このまま世話になっているわけにはいかないでしょう？　着替えもないですし」

「必要なものは買ってあげますよ」

「な……」

まさかそんな科白が返ってくるとは思わず、春季は一瞬呆気《あっけ》に取られた。

「……何言ってるんですか。そんなの、理由もないのに」

「俺とあなたの仲なのに?」

「な……仲って」

昨夜《ゆうべ》のことを思い出し、顔が火を噴く。たしかに、肉体関係を持ってしまったとは言えるけれども。

「でもあれは……っ」

仲、とかそういうものではないと思うのだ。取引だと守弥は言ったし、それすら春季はまだ躊躇っている。それに何より、守弥にはつきあっている相手がいるはずなのに。

けれどなぜだかそれを口に出すことができなかった。言えば何かが変わる——終わる?ような気がして。

「……わかりましたよ」

黙ってしまう春季に、守弥はため息をついた。

「終わるまで、リビングでくつろいで待っていてください」

……厚意を無にしてしまったことになるのだろうか。

小さな罪悪感を覚えながら、春季は居間へ向かった。

ソファに倒れ込むと、散々寝たはずなのに、また眠気が押し寄せてくる。

（そういえばこの頃、忙しくてあんまり寝てなかったし……）

長く横になると、ソファはほどよくやわらかく、肌触りもよくて、とても気持ちがよかった。

しかも夜景が美しかった一面の窓からは、今はあたたかい日差しが差し込んでくる。ちょうど日向ぼっこでもしているような気分で、春季はうとうとと微睡《まどろ》んだ。

（……気持ちいい……）

「……また寝たんですか？」

洗い物を終えたらしい守弥の声が降ってきた。

「あんまり寝ると、夜眠れなくなりますよ」

「んー……」

「やれやれ……最初からやりすぎましたかね」

その通りだという意味を込めて、春季はしっぽをぱたぱたと動かした。眠くて言葉で答える気にもなれなかった。

ぐずぐずと意識が溶けていく。

（……何か忘れてるような……？）

呆けた顔で考えて、そうだ、マンションに帰らなければ、と辛うじて思い出す。

けれど気持ちがよくて起き上がれなかった。

守弥がソファの脚のほうの、空いたところへ腰掛けてくる。足許が窮屈になってしっぽで追い払おうとしたが、守弥に摑んで退《ど》けられてしまう。

彼はテレビのスイッチを入れた。見はじめたのは、どうやら料理番組のようだった。

（ああ……、ほんとに好きなんだ）

あの嫌味な男が料理の番組を見るのかと思うと、なんだか可笑しかった。

守弥は休日はこういうふうに過ごすのか、とぼんやりと思う。朝から凝った料理をつくって、料理のテレビを見て。

そういえば寝室にあった本棚にも、ずいぶんと料理の本が並んでいたような気がする。

（……ん……？）

沈みかけた意識がふと浮上してきたのは、しっぽにふれられる感触を感じたからだった。料理番組を見ながら、守弥が手持ち無沙汰に弄んでいるらしい。春季はしっぽをゆらりと揺らしてそれを払ったが、守弥は再び摑んでくる。

正直しっぽは敏感で、さわられるのは好きではないのに。

（……るさい）

春季はそのたびに振り払うが、守弥はそれを面白がってでもいるかのようだった。何度あしらってもやめない。しっぽを摑んだ手を根もとから先端まで滑らせたりさえするのだ。

「もう！　眠れないじゃないですか……！」

春季は毛を逆立てて怒ったが、守弥は喉で笑った。

「ミミつきのフェロモンって凄いですね。近くにいるとさわりたくなる」

「な……」

顔が火照る。今まで全然平気な顔をしていたくせに、急になんなのかと思う。

春季はしっぽで遊ばれるのが嫌で、くるりとからだの向きを変えた。そして守弥の座っているほうを頭にして、憤然と横になる。

(やれやれ)

やっと眠れる、と春季は思った。

けれど守弥が手を出してくるのをやめ、料理番組のほうに集中しはじめると、それはそれでなんとなく面白くなかった。

(あ……煙草の匂い)

守弥のからだから、微かに感じた。他人の煙草の煙は嫌いなのに、守弥のからだに染みた匂いは悪くない気がするのが不思議だった。

春季がうとうとしはじめた頃、守弥が苦笑しながら頭にふれてきた。

「……本当に猫みたいですね」

と、守弥の声が降ってくる。髪やミミをくりくりと撫でる。

春季は半ば意識を飛ばしたまま、誰が、としっぽを振った。

（でも……気持ちいい）

しっぽをさわられるのは嫌なのに、頭だと気持ちよくてうとうとしてしまうのは、どうしてなのだろう？

「……このままもう一晩、泊まっていったらどうです？」

と、守弥は囁いてくる。嫌だ、という意味を込めてしっぽをぱたぱたと動かしたけれども、伝わったかどうか。

春季はまた眠りに落ちた。


その夜、春季はらんらんと光る目で深夜映画を見るはめになっていた。

照明を小さく落としたリビングのソファで毛布を被り、膝を抱える。テーブルには水割。

「――だから言ったでしょう」

と、守弥は言ってくる。ほら見たことかと言われるのが悔しくて、顔を背ける。

「あんまり寝ると、夜眠れなくなりますよ、って」

結局、あれから春季はすっかり眠り込んでしまったのだった。しかもいつのまにか、守弥の膝に頭を乗せていた。

（膝枕《ひざまくら》……ってほどのものでもないんだけど）

自分から乗せたのを微かに覚えているだけにばつが悪かった。

守弥が起こしても目を覚まさず、目が覚めたのは真夜中だった。それから家に帰ろうとしたものの、

――こんな時間から送って行けと？　嫌ですよ
と、あっさり断られてしまった。

――このまま泊まっていくんですね。明日になったらクリーニングも上がってくるでしょうし、着て帰れますよ
言いようにむかつくが、たしかにそれも一理ないわけではなかった。

このままだと着て帰るものがないし、守弥の服を借りたとしても、返したり返してもらったり、また面倒なことになってしまう。だったらもう、服が戻ってから帰ってもいいのではないか？

上手く言いくるめられているような気はしながらも、起き抜けのぼうっとした頭で、春季はそう結論してしまったのだった。

「いいじゃないですか。たまの休みに夜更かしぐらいしたって」

「明日事情聴取に行って、明後日はちゃんと出勤できるのならね」

「……できますとも」

「へえ。そうですか？」

「……」

春季は憮然と黙る。もともと朝はさほど強くないうえに、これほど生活時間がずれるとどうなるのか、正直少し自信がなかった。

「起きられなかったら、起こしてあげましょうか？」

「……って、明日の夜も泊まっていけと？」

やっぱり何か嵌められているような気がする。とはいえ、守弥がそんなふうに嵌めてまで、春季に泊まって欲しがっているとも思えないのだけれど。

「心配してあげてるんじゃないですか」

「……」

本当かよ、と横目で見つつ、けれど守弥は意外とまめな性格でもあるのだ。まる一日以上を一緒に過ごして感じたことだった。

パジャマのしっぽの部分にあらかじめ孔を空けておいてくれたことを最初に、スーツをクリーニングに出しておいてくれたり、春季が何も要求しなくても風呂を勧め、至れり尽くせりにタオルも着替えも出してくれて、うたた寝していれば肌布団をかけてくれた。食事中も小皿に料理を取り分けてくれたり、グラスが空になれば注いでくれたり、甲斐甲斐《かいがい》しくいろいろとかまってくる。

――誰に対してもこうなんですか？　うざいって言われません？　恋人とかに
――まあね
春季がつい指摘すると、守弥はあっさりと答えたものだった。

思い出すと、春季はなんとなく不機嫌になる。

「……もういいから黙っててください。映画の筋がわからなくなるじゃないですか」

「この映画ならＤＶＤ持ってますよ。あとで貸してあげます」

そう言いながら、守弥は肩を抱き寄せてきた。うなじのあたりに軽くキスしてくる。

「眠れないのなら、もっといいことがあるじゃないですか」

「守弥先生……っ」

春季は押しのけようとしたが、上手くいかない。

「その呼び方はもういい加減やめたらどうです？　こういうことになったんですから」

「こ……こういうことって……」

昨夜のことを言われると、気恥ずかしさと戸惑いで、春季はいたたまれなくなる。しかしたしかに、行為があったのは事実だ。

「……だったら、なんて呼べって言うんです」

「下の名前を呼ぶとか」

「……下の名前？」

なぜ守弥はそれを呼ばせたがるのだろう？

そう思い、春季はふと思い出す。

「……そういえば、いつのまにか俺の呼び方、変わってましたね……」

「え」

めずらしく、守弥が絶句したように見えた。

「……名前で呼びましたか？」

「ええ」

「……気がつきませんでした」

そんなことがありうるのかと思ったが、守弥のようすは嘘をついているようには見えない。

「無意識に出てしまったみたいですね。いつも心の中ではそう呼んでいるからでしょうかね……」

「……っ、何を恥ずかしいこと、言ってるんですか……！」

守弥は笑った。

「どうです？　この機にあなたも」

「そ……そんなこと、急に言われても……」

照れずにはいられない。口ごもっていると、守弥が覗き込んできた。

「まさか俺の名前、覚えてないんですか？」

守弥の名前は、守弥仕郎だ。本当はよく覚えているけれども。

（……っていうか、それは記憶力がいいから覚えていただけで、特別な意味があるわけじゃないけど……っ）

つい、覚えてないふりをしてしまう。

「……。なんでしたっけ」

「つれないですね」

「っ……」

守弥がミミに歯を立ててくる。春季はびくびくとしっぽを震わせた。

「そういう薄情な人にはおしおきをしないと」

「え、ちょっ……守弥先生……っ」

守弥は小さく笑った。

「たしかに、最中に先生と呼ばれるのも、なかなか趣があるとも言えますがね。ちょっと倒錯的で」

「はぁ？」

春季にはよく意味がわからなかった。だがわからないなりに変態的なものを感じて、ますます居心地が悪くなる。

ソファに押し倒され、パジャマに手をかけられる。

「ひどいことはしないはずじゃ……」

「痛くしたりはしませんよ。気持ちいいことだけするおしおきです」

「ええ……⁉」

春季には意味がよくわからない。

「からだを動かせば、疲れて眠れますよ」

首を傾げる春季に囁き、守弥はからだを探ってくる。上衣の中に手を差し込まれ、肌を撫でられると、ぞくりと戦慄《せんりつ》が走った。

その指が乳首に届き、軽く押し潰す。とたんにそこに火が点《とも》ったような気がした。

「あッ……」

小さな声が零れ、春季はかっと赤くなった。

「や……やめっ……」

暴れると絡みあう脚が擦れ、淫らなものが込み上げてくる。たった一晩抱かれただけで、からだは怖いくらい敏感になっている。

(だめだ、流されたら……)

春季は必死で理性を保とうとしながら、彼の胸を強く押し返した。

「待ってください……！」

守弥は怪訝《けげん》そうな顔で見下ろしてくる。それを見たくなくて、春季は目を逸らした。

「……俺はまだ、あなたと取引するかどうかなんて、決めてませんから……っ」

なのに、セックスだけするわけにはいかなかった。しかも、他に恋人がいるかもしれない男とだ。

春季がどう言葉を繋げようか迷ううち、守弥が言った。

「……どうしてなんです？」

「それは……」

「他に手はないでしょう？　誰かに守ってもらわなければ、あなたはもう仕事を続けることさえ難しいはずですよ？」

「……そうなんですけど……」

春季は口ごもる。

「あなたにとっても、悪い話じゃないはずだ」

たしかに守弥の言う通りだった。

彼に守ってもらえば、春季は取り巻きなしでもある程度安全に生活することができる。引きこもる必要もなく、研究も続けられる。

彼を危険に晒すことは引っかかるけれども、これは恋人がありながら、ミミつきのからだ目当てに守弥のほうから持ちかけてきた取引なのだ。そんなひどい男なら、彼を身を守る盾に使っても、罪悪感を感じる必要などないはずだった。

なのに踏ん切りがつかないのは、どうしてなのだろう？

春季が黙り込んでしまうのをどう受け取ったのか、守弥は言った。

「……そんなに俺が嫌いですか？」

「そういうわけじゃ……っ」

つい即答してしまい、思わず顔を逸らす。

「俺では嫌ですか？　他に誰か当てがあるんですか？」

「……ありませんけど」

守弥のことを、昔は嫌なやつだと思っていた。けれどこの頃は違う。守弥が嫌だとか、他の男のほうがいいとか、そういうことではないのだ。

「では、抱かれるのが嫌？」

「う……嫌っていうか……」

「気持ち悪かったですか？」

その通りだと言ってやりたくて、言えなかった。守弥に抱かれて、気持ち悪いとは少しも思わなかったのだ。

「悦くなかった？」

「……」

「だいぶ悦さそうでしたけどね？」

春季はかっと赤くなってしまう。否定したかったが、しても無駄のような気がしてできなかった。

なかば無理矢理抱かれて、もっと嫌悪感を感じていてもいいはずなのに、それがない。どうしてなのか、よくわからなかった。わかりたくなかった。

春季はそれにも何も答えられなかった。

守弥が覗き込んでくる。

「……好きでもない男に抱かれるのに、どうしても抵抗がある?」

ぴくり、と春季は反応してしまった。

(……っていうか、そっちも好きなわけじゃないだろ?)

守弥と一緒にいた青年の姿が、また瞼を過ぎった。

守弥は春季から視線を外し、深くため息をついた。

「——わかりました」

「え……?」

「だったら、今はやめておきましょう。どうするかは、ゆっくり考えてくれていいですよ」

守弥の表情は薄暗くてよく見えないが、ひどく沈んでいる気がする。

せっかく申し出てくれたのに、ひどいことを言ってしまっただろうか。気を悪くさせたただろうか。もう春季のために力を尽くしてくれる気持ちは、なくなってしまったかもしれない？

「……守弥先生……」

「俺はソファで寝ますから、玉斑先生はベッドで寝てください。……ちょうど映画も終わりましたし……」

「そういうわけにはいきません……！」

「遠慮ですか？　らしくないですね」

守弥は軽く笑った。その意地悪な言い方がいつもの守弥らしくて、春季はほんの少しだけほっとする。

「でも……どうせまだ眠れないし……」

「……そうですか」

守弥は立ち上がった。

テレビサイドの棚を探し、ＤＶＤを一枚出してくれる。途中から見損ねてしまった映画のＤＶＤだった。

「他に見たいものがあったら、どれでも勝手に見ていいですよ」

「……ありがとうございます」

親切に言ってくれるのが申し訳なくて、春季は項垂《うなだ》れたまま答える。

「お休みなさい」

守弥の手が軽く頭に乗って、離れた。

彼がリビングを出ていき、扉がぱたんと閉ざされる。

春季はその音ではっと顔を上げた。そして後悔のような、自分でもよくわからない気持ちで、呆然とドアを見つめた。


一人になると、急に部屋が広く寒々しくなったような気がした。

自分で拒んだはずなのに、この喪失感はなんなのだろう。

気を紛らわせたくて――何も考えたくなくて、春季は渡されたディスクをデッキにセットした。

毛布を被って、見覚えのある映像を眺める。記憶のあるあたりまで早送りし、再生をはじめる。

(たしかこのへんまでは見たはず……)

物語のプロローグ部分を過ぎ、面白くなってきたところで、守弥がちょっかいをかけてきたのだ。

――眠れないのなら、もっといいことがあるじゃないですか……

守弥の声が耳に蘇ってきた。

途端に彼の肌の感触を思い出してしまい、ぞくりと戦慄を覚える。春季は慌てて振り払おうとしたけれども、思うようにはいかなかった。

——守弥先生……っ
——その呼び方はもういい加減やめたらどうです？　こういうことになったんですから艶めいた囁きだった。こういうこと、の意味を考えずにはいられないような。

守弥に求められたときのことがより生々しく思い出された。

（あ……）

自分が反応していることに気づき、春季ははっとした。

（嘘だろ……）

兆したものを静めようとする。映画に注意を向けて、気を逸らす。けれどどうしても筋が頭に入ってこなかった。

なんでもない囁きを思い出すだけで、からだが火照った。内容というより、響きに感じた。

——名前で呼びましたか？

——ええ
——無意識に出てしまったみたいですね。いつも心の中ではそう呼んでいるからでしょうかね……

いつも心の中でそう呼んでいる——というのは、どういう意味なのだろう。いったいどうして？

「……っ……」

(だめだって……こんなところで)

ここは自分の家ではなく守弥の家で、しかも彼はまだ起きているかもしれないのだ。トイレに行きすがらにでも、リビングのドアに嵌った硝子から中を覗くかもしれない。

(そうしたら、見られるのに……っ)

どう言い訳したらいいのかさえわからない。なのにそう思うと、ますます疼きは強くなるばかりなのだ。

(あいつがさわるから)

余韻が治まらないのだと罪をなすりつけ、心の中で罵《ののし》りながら、春季はパジャマのズボンの中に手を伸ばした。

「あぁ……っ」

途端に喘ぎが零れる。寝室まで聞こえるはずがないとはいえ、声を殺さなければと思う。でも上手くいかなかった。

「……っ……ぁあ……っん」

——見られたいんですか？

「ちが……っ」

右手で擦りながら、左手はいつのまにかシャツの中に忍び込んでいた。先刻守弥にされたように肌を撫で、乳首を弄る。こんなところが感じるなんて意識したこともなかったのに、指の狭間《はざま》であっというまにこりこりに凝ってしまう。

――自分で見てごらんなさい。可愛いですよ……?

「や……っ」

口ではそう言いながら、視線は勝手に下りていく。白い胸に、小さな乳首が赤く染まり、尖りきっていた。指先で潰せば、性感がからだの奥の深いところまで響く。片方ずつしかできないのがもどかしいほどだった。

ソファに座っていたはずなのに、ずるずると横たわる。

「あ……あっ、あっ……」

――痛くしたりはしませんよ。気持ちいいことだけするおしおきです

(……って、どんな?)

焦《じ》らされるのだろうか。何度も達かされるのだろうか。昨日は、どんなことをされたんだったろう?

春季は記憶をたどった。

(乳首、弄って、あと、先のほうだけ舐めて、……恥ずかしい恰好で)

片脚を抱えられ、太腿を大きく開かされたのだ。そのことを思い出し、恥ずかしさに逆に膝を閉じながら、守弥の舌を真似て先端を弄る。

（こんな感じで……何度も）

「んぅ……っ、ぅ……っ、ぅうっ……！」

これ以上、声を上げたらきっと見つかる。そう思って毛布の端を噛んでも、どうしても殺しきれない。乳首と両方の刺激に翻弄され、腰が揺れる。手を止めて我慢しようと思っても、いくらも保たずに擦ってしまう。

（こんな……もし覗かれたら）

――見て欲しいんでしょう？

（ちがう……っ）

漏れてくるぬめりを塗りひろげて、手のひらで包み込む。

「んん――っ、ん、ん、んん、あ……っ」

口の中に全部を含まれ、舌をあてて出し入れされた感触を思い出す。擦るとあとからあとから溢れてきて、すぐにでも達ってしまいそうになる。

（だめ、あ、まだ……っ）

思いながらも、扱き上げる淫らな手を止められない。

――それからどうされたか、覚えているでしょう？

幻の囁きが聞こえてくる。守弥が本当にそこにいるわけでもないのに、春季は小さく首を振った。

――嘘つきですね……

守弥は微笑った。

――答えないと、もっと苛《いじ》めますよ

その囁きに、ぞくりと震えた。

(嫌だ……っ)

春季はまた首を振った。それでも、手は勝手に後ろへと伸びていく。

(……ココに、……挿れられて……)

後孔を指でつつけば、きゅっと窄まる。しっぽまでびりびりと震えるのがわかる。挿入ってきた守弥の熱さや、大きくていっぱいになる感じを身の内に思い出す。

(……だめだ)

欲しいなんて思っていないのに。

(こんな……自分でこんなところ)

いけないのに。

先走りのぬめりを借りた指が、中へそろそろと侵入しはじめる。

「あっ、あっ……!」

じりじり拓《ひら》かれる感覚がたまらない。乳首を弄り回していた手がいつのまにか下へ下り、茎のほうを包み込んでいた。

(……気持ち、いい……っ)

自ら指を挿れながら擦りたてる。

(だめ……だっ)

だめなのに、止めることができない。最初は挿れていただけだった指をそろそろと動かすと、悦いところを偶然捉えた。

「……あ、あ、あっ、あっ——」

いくらも保たず、春季は吐精してしまった。

ぐったりとソファに身を沈めながら、余韻に胸を喘がせる。

(信じられない……)

自分のしてしまったことが、信じられなかった。

春季はただ、自分の濡れた手を見つめるばかりだった。

7

公園の中、たくさんの男たちがよってたかって一人を殴り、蹴り飛ばしている。

春季は助けに入りたいが、押さえ込まれていてできなかった。ただ声の限りに叫ぶばかりだ。

──お父さん……！

最初は抵抗しようと試みていた父親は、やがて動かなくなる。それでも乱暴は止まらない。

男たちは楽しげでさえあった。

──やめろ……‼　誰か……っ
春季は必死で助けを求める。

「──さん……春季さん……！」

「……っ……」

強く肩を摑まれ、揺さぶられて、はっと目を覚ました。

「……守弥先生……」

覗き込んでくる守弥の顔を見て、夢だったのか、と春季はようやく理解した。

「大丈夫ですか……?」

と、守弥は問いかけてくる。

「ええ……」

「うなされてたようでしたが、何か……」

「平気です。……いつものことなので」

悪夢の余韻のまま彼の言葉を遮り、ついはねつけるような答え方をしてしまう。

(それでも……一昨日は見なかったのに)

あんなふうに疲れ果てて眠れば、当たり前かとも思うけれども。

失敗した、と思いながら春季は起き上がり、額を押さえた。昨夜のことも相まって罪悪感を覚え、なんとかフォローしようと唇を開く。

「あの……」

「いいんですよ、大丈夫なら」

守弥はそれを察したのか、切り替えるように明るく続ける。

「起こさないほうがいいかとも思ったんですがね。昨日はずいぶん夜更かしをしたみたいだし」

その言葉に、春季はぎくりと狼狽えた。

自分の狂態を思い出してしまう。守弥は気づいていないだろうとはいえ、なんということをしてしまったのかと思う。昨夜の自分は何かがおかしくなっていたのだ。

「——おや？」

守弥はちら、とテーブルに視線を落とした。そこには、あのあとなかなか寝つくことができず、何本か物色して観《み》せてもらったＤＶＤのケースが乗ったままになっていた。

守弥はそのうちの一本を手に取った。

「これは色っぽいものを。ずいぶんお楽しみだったみたいですね？」

「……！」

春季はかっと頬を紅潮させた。たしかにそれは、ＡＶのような過激なタイトルに興味を惹かれて観てしまったものだった。けれど好色な気持ちからというより、守弥が観るＨなＤＶＤとはどんなものなのか、興味があっただけなのだ。自分があんなことをしてしまったあとだったからよけいだった。朝までにもとに戻しておくつもりだったのに、見終わる前に眠ってしまうなんて。

守弥は、

——隅に置けませんね

とでも言いたげに、くすりと笑った。

「……っあなたのコレクションでしょうっ」

春季はつい声を荒げた。

「しかも別にHじゃなかったですよ⁉」

そうなのだ。タイトルに反して文学的で、むしろ退屈なものだった。だからうっかり眠ってしまうはめになったのだ。

「知ってますよ。俺のだし」

と、守弥は言った。

「タイトルに反してHじゃないことも知ってて買ったんですから」

「……っ」

今さら、俺も知ってて見たんです——と言ったとしてもごまかせないだろう。守弥の性嗜好に興味があったと思われるのも嫌だし、一人でいやらしい人間にされてしまったようで腹が立つが、どうしようもなかった。

喉で笑う守弥は、ちょっと意地悪な顔をしている。いつもの表情。いつもの守弥。むかつく反面、そのことが嬉しい。

「御飯はできてますから、顔を洗ってきてください」

と、守弥は言った。

その日の午後には、スーツがクリーニングから戻ってきた。

「服が届いたんだから、帰りますよ」

春季は言った。一抹の後ろ髪を引かれるような妙な感じに目を瞑《つむ》って。

「いいですよ」

と、守弥は答えた。あっさりしすぎて拍子抜けするほどだった。

「でも、その前にちょっと用を済ませないと」

「用？」

「まずは今日こそ警察へ行って――」

「ああ、そうか」

すっかり事情聴取のことを忘れていたが、これ以上先延ばしはできないだろう。

「それに、毎週日曜日には食材を買い出しに行くんですよ。あなたもいっしょに来ませんか？」

「え……でも」

「何か予定でも？」

「そういうわけじゃ……」

「だったらかまわないでしょう？　どうせスーツが届いたとは言ってもシャツがないし、俺のを貸してもかまいませんが、サイズが合わないとけっこう不恰好ですしね。ついでに買って、一度戻ってくればいい」

言われてみれば、そうかもしれないと春季は思う。

「そのあとで、マンションまで送り届けてあげますよ」

守弥の笑顔に若干胡散臭《うさんくさ》いものを感じながらも、帰る前に買い出しにつきあうくらいのことは、特に時間的な差し障りがあるわけではない。

(他の予定があるわけじゃないし……)

――ただ、怖かった。

通勤や、取り巻きたちと行きつけの店に飲みに行く以外で外出したことが、ミミつきになってからはほとんどなかったのだ。

それを素直に口にするのが嫌で、春季は口ごもる。けれど守弥は察していたようだ。

「大丈夫ですよ。俺が傍にいて、危険な目にはあわせませんから」

その言葉に、春季の胸は小さくときめいた。心が傾く。

「で……でも、まだ取引するって決めたわけじゃないのに……、何が起こるかわからないし、あなたにもご迷惑をかけることになってしまうかもしれないのに」

「そんな危険なところへ行くわけじゃないんですよ？　突然『ウサギ狩り』がはじまるような場所じゃないですから、気をつけていれば大丈夫」

力強く言われると、それもそうかという気持ちになる。

スーパーマーケットにも八百屋《やおや》にも興味はない。それなのに、なんとなく出掛けてみたいような気がするのが、自分でも不思議だった。

「……しょうがありませんね。それほどまでに言うのなら」

と、春季は答えた。

守弥に服を借り、ジーンズにしっぽを隠し、パーカーのフードでミミを隠して、彼の車に乗り込んだ。見た目をごまかしてもフェロモンはどうにもならないが、ミミを晒して歩くよりはましだと思う。

(……でもよく考えてみると、守弥にシャツを借りて帰っても、別に問題なかったんじゃ……?)

どうせ車だし、少々不恰好でもよかったのだ。あとでシャツをクリーニングして返さなければならないのは少し面倒だが、それくらいならどうということはなかったのに。

(何か上手く乗せられたような……?)

とはいえ、そんなことをしても守弥にメリットはないし、わざと嵌めたわけではないのだろう。どちらにしろ車に乗ってから気づいても後の祭りだった。

警察の前に、一度研究室にも寄った。区切りをつけて休める状態にはしてあるし、研究室に詰めている当番の助手もいるが、やはり三日も放っておくのは気になった。

その後警察へ行き、ああいうことに至った経緯と、具体的にどんな被害にあったのかを説明した。

自分にも彼らを利用した負い目があったし、これ以上恨みを買いたくないのもあって、被害届は出さないつもりだったが、類似の事件を防ぐためにもと刑事に強く勧められて、結局は出すことになった。

——それでいいんですよ。下手をしたら犯《や》り殺されていたかもしれなかったんですからね裁かれるべきときには裁かれないと、と守弥は言った。

そしてそのあとは、守弥の買い出しにつきあった。

「俺の傍にくっついて、離れないようにしてくださいね」

と、守弥は言った。

守弥の御用達は普通のスーパーマーケットではなく、多種多様な高級食材を専門に扱うセレクトショップのようなものだった。

(さすが料理が趣味なだけのことはある……)

春季は料理をしないいし、普段は朝は固形飲料、昼と夜は研究所の食堂か外食、またはデリバリーという生活をしている。ミミつきになる前にはスーパーマーケットに行ったことはあったけれども、こういう店は初めてだった。

きょろきょろと店内を見回す春季に、

「食べたいものがあったら、なんでも入れてください。一緒に買ってあげますよ」

守弥は大きなカゴ押しながらそう言った。

正直なところ、特に食材に興味があってついてきたわけではなかった。守弥の料理は美味しいが、自分が材料を一緒に見たからと言って、特にメリットはないと思っていた。

だが、来てみると意外と面白い。

まず見たこともないような食材が多いし、見慣れたようなものでも——たとえば同じトマトをとってみても、赤味がずっと濃くてぷりぷりして美味しそうだし、肉や魚の色も鮮やかで、いちいち産地の表示が出してある。なんでも種類が豊富で、オリーブオイルだけで二十種類もあったりするのもめずらしかった。

危険があまりなさそうな雰囲気も手伝って、守弥が食材を吟味しているあいだについ勝手に動いてしまい、ときにはぐれそうになるほどだった。

ふいに襟首を摑んで引き戻され、毛を逆立ててしまう。

「痛いじゃないですか……！」

「傍にいなさいと言ったでしょう」

「……ほんの二メートルくらい……」

「だめです」

守弥は春季に耳打ちしてくる。

「他の男に尻《しり》をさわられてもいいんですか?」

「他の男って……」

それではまるで守弥ならいいと言っているみたいではないか。春季がそう抗議しかけるより早く、守弥は言った。

「あの男が、あなたのお尻をさわろうとしていました」

「えっ?」

守弥が軽く顎で示したほうを見れば、こそこそと男が逃げていく。

ミミはフードで隠しているからミミつきだとはわからないはずだが、フェロモンのほうは健在のようだ。

春季はため息をついて男から守弥へ視線を戻し、そして思わず絶句した。守弥が春季に、その手を差し出してきていたからだった。

(……まさか、手を取れって……?)

果たしてそのまさかは当たっていたようだ。

守弥はからかうように微笑する。

「どうしました? 手を繋ぐくらいいいでしょう? ……もっといろんなことだってした仲なんだから」

「守弥先生……っ」

最後のほうは艶めいて囁かれ、春季はつい声を荒げた。

たしかに守弥の言う通りなのだが、なぜだかただ、手を繋ぐ、というだけの行為のほうが照れてしまう。

「……危険ですから」

とつけ加える守弥は、どこか憮然として見えた。……もしかして、守弥も少し照れているのだろうか。

そう思うと、拒めなくなった。

春季は目を伏せて、そろそろと守弥の手に自分の手を重ねる。その途端、ぎゅっと握り締められ鼓動がどきりとはねた。

「――行きましょうか」

「ええ……」

手を繋いだまま歩き出しながら、春季はついこのあいだ研究室から見たウサギのミミつきのことを思い出す。

――ずいぶんしあわせそうなミミつきだと思って……

と、守弥は言ったけれども、春季も同じことを思ったものだった。

恋人に守られているミミつきが羨ましかった。手を繋いで歩く二人の姿が、その象徴のように思えた。

今あれと同じことをしているのだと思うと少し不思議で心がときめく。

(俺たちは恋人同士ってわけじゃないけど……)

それに手を繋いだままの買い物は少し不自由だ。けれど、離す気にはなれなかった。

「……菜の花なんて売ってるんですね。食べられるんですか?」

「勿論。料理屋なんかでわりと出てくると思うんですけど、見たことないですか?」

「花の咲いたやつなら」

「おひたしや和え物にしたり、肉で巻いて照り焼きにしたりしても美味いですよ」

聞けば守弥はなんでも答えてくれた。

想像すると本当に美味しそうで、そろそろブランチが消化されつつある頃だということも手伝って、春季は涎《よだれ》が出そうになる。

「これは?」

「コールラビー。キャベツの仲間ですね。ベーコンなんかと一緒にスープにしたりすると簡単で美味しいですよ。買ってみますか?」

「うーん」

食指を動かされはするが、自分でそれを守弥のように調理できるとは思えない。無駄になるのは目に見えている。

(いや、でも、さっきの説明だと、さほど難しくはないかも……?)

　思案していると、守弥はくすりと笑った。

「つくってあげましょうか？」

「え？」

「うちで夕食まで食べていけばいい。そのあとでマンションまで送ってあげますよ。どうせあなた、調理できないでしょ？」

「う……」

　言われようにむかつくが、守弥の言うことは当たっている。

「帰っても、どうせすることないんでしょう？　無趣味そうだし」

「ありますよ！　俺にだって趣味くらい」

「ほほう。たとえば？」

「……映画とか」

　売り言葉に買い言葉で春季は答えた。今はＤＶＤやテレビで見るしかないが、ミミがなかった頃はよく映画館にも行ったものだった。

「なるほど、Ｈなやつか」

「違いますっ」

　守弥はくすくすと笑った。

「まあどっちにしても、このあと予定があるわけじゃないんでしょう？」

「そうですけどっ」

ちら、と横目で野菜の棚を見る。

(どうしよう。悪い話じゃないような)

うちに帰ってもろくな食べ物はないのだ。これから特に予定もないし、家に帰るのが数時間遅れるだけのことだ。守弥のマンションにいる限りは危険もないし……。

「……じゃあ、お言葉に甘えて」

食べ物につられ、春季は答えた。

守弥は微笑する。

「餌づけ……か」

「なんですって……!?」

「いえいえ、なんでも」

呟きを聞き咎めると、守弥は笑ってごまかした。

マンションに帰ると、

「ちょっとやってみますか?」

と言われるまま、春季は守弥と一緒に台所に立ち、簡単な料理を習った。

皮剝き器というものを、初めて使ってみる。今までは、野菜の皮を剝かなければならないような料理は面倒で、したことがなかったのだ。

守弥に習って、じゃがいもなどの皮を剝いた。最初は戸惑ったが、慣れれば面白いように剝けて、けっこう楽しい。

剝いた芋《いも》を守弥に渡すと、彼はそれを一口サイズに切り、さらに包丁で縁をなめらかに削り取っていった。

「……何やってるんですか？」

「こうしておくと、食べるとき口当たりが優しいんですよ」

面取り、と言うらしい。ほかにも煮物の灰汁《あく》をこまめに取ったり、難しいことをするわけではないが、いちいち手が入っている。適当にやっても食べられないことはないだろうに、守弥は手を抜かなかった。

春季も自分で料理したことがまったくないわけではない。コンソメでベジタブルミックスを茹《ゆ》でただけのスープとか、冷やご飯にツナ缶と卵を混ぜて炒《いた》めただけの炒飯《チャーハン》とかならつくったことがある。

だが守弥の料理は、それらとは根本的に違っていた。

料理を美味しくするのは愛——とはよく言われる言葉だが、その意味を春季は初めて理解した気がしていた。愛情でもなければ、これほど面倒なことは、とてもやる気にはなれないだろうからだ。

（いや、愛っていうか、この場合は料理への愛ってことだけど）

自分の考えたことが急に気恥ずかしくなり、慌てて心の中でつけ加える。そしてふと思いついて、春季は聞いてみた。

「……料理、お母さんに習ったんですか？」

「料理の上手な人でしたけどね。さすがに小学生だったので、それはありませんよ」

「それもそうか……」

「でも施設にいたあいだはあまり美味いものが食べられなくてけっこう辛かったので、一人暮らしをするようになってから、いろいろ思い出してつくってみたんです。そのあたりからだんだん料理に嵌まっていったという意味では、影響はあるでしょうね」

「へえ……」

あまり突っ込んで聞くのもどうかと思いながらも、つい守弥の過去の話に興味を抱いてしまう。

（……っていうか、どうしてこんなに料理が上手くなったのかと思うからだけど……！）

自分に言い訳するようにそう思いながら、春季は守弥の手際を見つめた。

（それにしても美味しそう……）

どんな味になっているのか。買うところから調理まで一部手伝っただけに、わくわくしてならない。

守弥がふと、春季の背後に視線を落とした。そして怪訝そうに呟く。

「この、しっぽ……」

「え？」

いつのまにか、しっぽがぴんと立って痙攣《けいれん》するように震えていたのだった。

守弥は手を伸ばしてきたかと思うと、それをふいに掴む。

「ひぅっ⁉」

途端にぞくぞくぞくっとしっぽから脊髄《せきずい》まで震えが伝ってきた。春季は飛び上がり、思わず飛びのく。

「ななな何するんですかっ！」

「あ、いや、なんでも」

守弥はすぐに放す。

春季はその手をしっぽで平手打ちにしたが、守弥は少しも懲りたようすではなかった。それどころか、どこか嬉しそうでさえある。

にっこりと笑いながら、守弥は言った。

「ポトフの味見、してみますか？」

また何か企《たくら》んでいるのではないかと、春季はじっとりと守弥を疑いの目で睨む。

守弥は小皿にスープを掬い、自分で一口啜《すす》ってみせた。

「うん。いけますよ」

そしてもう一度小皿に取って春季に勧めてきた。

「……」

警戒しながらもじりじりじり近づいていくと、守弥の視線がまたしっぽへと落ちる。見ればまたびりびりと立っているのだった。

春季は慌ててそれを押さえた。

「見ないでください……！」

「はいはい」

「さわるのもだめですよ⁉」

「わかりましたよ」

答えを聞いてそろそろと近づいていく。

小皿を受け取って啜ると、守弥の言った通りこくがあって、とても美味しかった。同じようなコンソメで味をつけているはずなのに、自分でつくるのとは全然違う。

「どうですか？」

「……美味しいです」

「よかった」

守弥は微笑った。

「これはこのまま火にかけておいて、もう一品つくりますが、一緒にやりますか?」

春季はまだ警戒しながらも、口にする。

「しようがないですね。じゃあ手伝ってあげます」


手伝ってつくった夕食は期待以上の出来で、すっかり食べすぎてしまった。

――洗い物が終わったら送りますから、それまでくつろいでいてください
と言われ、春季はすっかり気に入ってしまったリビングのソファにまた横になる。ごろごろと喉でも鳴らしてしまいそうな心地よさだった。

(明日で休みも終わりか……)

結局、なんだかだらだらと守弥のマンションで週末を過ごしてしまった。

(俺としたことが食べ物につられて)

守弥に変な趣味があるからいけない。そのうえ日当たりのいいソファは心地よく、守弥が至れり尽くせりに世話を焼くから。

まさに「ぬくぬく」という言葉がぴったりした暮らしだった。

遠慮なく鬱陶しいときはしっぽで追い払って好き勝手なことをしているけれども、それを咎められたこともない。守弥は守弥で勝手なことをして過ごしているようだった。

居心地がよくて、ついこういう暮らしもいいかも、と思ってしまいそうになる。

ミミつきになって以来、快適ならそれでいいという猫の資質が混じってきているのだろうか?

(――まさか)

ミミつきとその種類の動物の性格とは、特に関係ないはずだ。

(ばかばかしい)

この家の快さに浸ってしまうのは怖い。

(なぜって……)

それ以上考えるのが嫌になり、春季は睡魔が襲ってくるのに任せた。


満腹感でうとうとしながら、一瞬本当に眠っていたらしい。

ふと気づくと、キッチンに守弥の姿がなかった。

ソファに半身を起こしてきょろきょろと探す。

（あ……蛍《ほたる》か）

マンションなどで、家族が煙草が苦手だったりして室内で吸うことができず、ベランダで一服することを蛍という。煙草の火が点いたり消えたりするさまが蛍に似ているのが語源だと思われるが、守弥は今それになっているのだった。

窓の向こうに、ベランダに立つ彼の横顔と、ゆるく点滅する赤い火が見える。

春季がここに来てから、守弥が煙草を吸うときはずっとそうだ。以前からの習慣なのかとも思ったが、室内のあちこちに灰皿が置かれているところをみると違うらしい。

（……俺が苦手だって言ったから？）

そういえば、その話をしてからずっと、春季のいるところでは吸っているのを見たことがなかった。

気を遣ってくれているのだろうか。だとしたら感謝しなければならないのだが、それ以上に、自分の家なのに春季のために素直に蛍になっている守弥のことが、ちょっと可愛く思えてならなかった。

（……洗い物は終わったのか……）

食洗機を併用するので、もともとさほど時間はかからないのだ。

――終わったら送りますから

と、守弥は言っていた。

ということは、守弥の一服が終わったら、春季は今度こそ本当に自分の家に帰らなければならない。

(なければならない――っていうか、帰りたいんだからいいんだけど)

守弥に帰れと言われているわけではなく、自分が帰りたくて帰るのだ。……そのはずなのに、なんとなく後ろ髪を引かれてしまう春季だった。

(……もう遅いから、今夜も泊まっていきます――とか言ったら、どうなるんだろう)

守弥は泊まっていいと言うだろうか。

そんなことを考えていたときだった。

ふいに携帯の着信音が響いた。

春季ははっと顔を上げる。自分のではない、ということは守弥のもののようだった。

音はキッチンのほうから流れてくる。置いたままベランダに出たようだが、そこまでは聞こえていないのだろう。

届けてやろうと思い、キッチンへ行くと、携帯はカウンターの上にすぐに見つかった。

だがそれを見た途端、春季は凍りついた。

守弥の携帯はスライド式で、着信すればバックライトが点灯し、ふれなくても待ち受け画面が見えるようになる。

そこに照らし出されていたのは、見覚えのあるいつかの——守弥と一緒にいた青年の写真だったのだ。

春季はただ愕然と画面を見つめる。

守弥につきあっている相手がいることは知っていたはずだった。なのに、いつのまにか頭の片隅に追いやっていたのだろうか。あらためて目の前に突きつけられ、ひどいショックを受けずにはいられなかった。

数日のあいだ守弥と一緒に過ごして、守ってやると言われ、からだを抱かれて、いつのまにか無意識のうちに、あれは何かの間違いだったのかもしれないと思うようになっていたのだ。

一緒にいたからと言って、個室で食事をしたからと言って、恋人同士とは限らない。ここにいるあいだも一度もそれらしい電話はなかったし、第一そういう相手がいるのなら、別の男——しかもミミつきをマンションに匿《かくま》ったり、抱いたり、しないんじゃないかと。

でも違ったのだ。

携帯の待ち受けにする相手なんて、恋人以外ありえないではないか。

「——……」

春季はぎゅっとスウェットの胸のあたりを掴み、言葉もなく立ち尽くす。

その背中に、一服終えたらしい守弥が声をかけてきた。

「――起きてたんですか？」

「……」

頭がぐらぐらして声が出なかった。

「どうかしました？」

着信音はすでに止まっている。春季のからだに隠れて、守弥から携帯は見えていないようだった。

「具合でも悪いんですか？」

守弥が後ろから額に手を伸ばしてくる。

春季はそれを反射的に振り払うと、彼を突き飛ばした。携帯を摑んで投げる。怒る筋合いなどないのでは、とどこかで思ったが、セーブできなかった。

守弥はそれを慌てて受け止めた。

「帰ります。送ってください」

大股でリビングへと戻る。そのあとを守弥が追ってきた。

「――どうせなら今夜も泊まっていったらどうです。もう遅いし、明日の朝の食材もせっかく買ってきたんですから。持って帰ってもいいですが、あなたどうせ調理できないでしょう？」

「悪かったですね。料理できなくて」

あの写真の青年の顔が瞼を過ぎった。彼にはできるのだろうか、と思う。ますます胸が灼けた。

「別に悪くありませんよ。俺がつくってあげますから」

守弥の言葉が、まるでかき口説いているように聞こえるのが不思議だった。願望でも混じっているのだろうかと春季は自嘲《じちょう》する。

「――ほんとにどうしたんです？　急に何を怒ってるんですか」

「……別に怒ってません」

説明できず、春季はそう答えるしかなかった。

リビングの片隅に置いてあった今日買ってきたシャツと、クリーニングから戻ってきた自分のスーツに無言で着替える。守弥の目の前に肌を晒すことも気にならなかった。

「怒ってるじゃないですか、明らかに」

「怒ってないって言ってるでしょう⁉　送ってくれないなら、一人でも帰りますから！」

春季は着替えもそこそこに、守弥の部屋を飛び出した。

「ちょっ……春季さん⁉」

マンションの内廊下を、守弥は追ってくる。

「どうしたんです、しかもそんな、ミミまる出しで」

手を摑まれ、振り払おうとして果たせず、春季はかわりに守弥の腹を蹴り飛ばした。

「ぐ……っ」

まさか春季が蹴るとは――しかも本気で蹴るとは思っていなかったのだろう。ふだんならありえないことだが、守弥はまともに受けてしまったようだった。からだを二つに折り曲げて膝をつく。

そのダメージが気になりながらも、春季はちょうど来たエレベーターへと飛び乗った。

背中で扉が閉まる。

そして顔を上げ、愕然《がくぜん》とした。エレベーターの中の鏡に映った自分の目に涙が浮かんでいたからだ。

(――……)

それを見た途端、気づかないふりをしてきた自分の感情が、目の前に溢れ出してきたような気がした。

(……守弥先生……)

守弥のことが、ずっと好きだったのだ。

取り巻きに囲まれて普通に暮らしていたときから、気になってならなかった。永山たちが指摘していた通りだ。姿が見えれば目で追い、後ろにいれば背中で追ってしまう。守弥に取り巻きを弄ぶ淫売のように思われているのが、とても嫌だった。

守ってあげると言われて嬉しかったし、抱かれたのも、上手くまるめ込まれたのでも、取引でもなく、守弥のことが好きだったからだ。

(気がつきたくなかった)

守弥には恋人がいる。携帯の待ち受けにするなんて、つきあっている相手でも、よほど好きでなければありえない。

春季が守弥のことを好きでも、どうにもならないのだ。

(……それなのに、なぜ守ってやるなんて言ったのか)

期待させるようなことを、と思うと恨めしくてならなかった。

いっそ彼の言葉を盾に取ってしまおうか、と春季は思う。

——からだを差し出せば、守ってくれるって言ったでしょう?

そう言って抱かれ、彼に保護されて暮らす。そうすれば実際の恋人同士よりも恋人らしい生活ができるのではないか。

そしてそのうちには守弥も、恋人より、ミミつきである春季に夢中になって——。

そんな考えに溺《おぼ》れそうになり、春季は頭を抱えた。

(そんなの……もし成功したってミミつきのフェロモンにやられてるだけで、本当に好かれてるわけじゃないじゃないか)

エレベーターが一階に着く。

春季はエントランスを抜けて、正面玄関から外へ出た。

背中で自動扉が閉まる。

（……戻りたい）

でも今さら戻るわけにはいかなかった。

門の外の小道を一つ曲がると、大通りに出られる。春季はそこでタクシーを拾うつもりだった。それも安全とは言えないが、電車よりはましだろう。

せめて帽子ぐらい借りてくればよかったと思う。守弥が言っていた通り、ミミまる出しでは目立つことこのうえなかった。

（早く、車に）

通りを見回しながら、足早に大通りを目指す。

そのとき後ろから走ってきた車が春季を追い越し、目の前で止まった。

「……？」

春季は警戒してびくりと足を止めた。

車の中から一人の男が降りてくる。

「……永山……」

その姿を見て、春季は呆然と呟いた。

永山は、あの事件でまだ勾留されているはずではなかったのだろうか。

彼はゆっくりと近づいてきた。

「……なんで泣いてるの」

そう聞かれ、春季ははっと瞼を拭《ぬぐ》った。

「守弥のところで辛い目にあったんだね。でも、ぼくが来たからには、もう大丈夫だから」

永山はここが守弥のマンションだと知っている。ということは、この再会も偶然ではありえない。

「おまえ……もう出てこられたのか……？」

「出てきたんだよ。春季に会うために」

「だ……脱走したのか⁉」

「取り調べ中に隙を突いてね」

治安が悪化の一途をたどっている現在、警察も人手が不足している。犯人を取り逃がしたり、脱獄されたりということも増えて問題になっているとは春季もテレビで見たことがあった。

だが当然、そんなことをすれば罪は重くなる。

「春季が自分のマンションにいないってわかってから、ずっと張り込んでたんだ。いつかこういうチャンスがあるかもしれない、って」

永山が近づいてくる。

春季はじりじりと後ずさった。そしてくるりと踵を返し、走って逃げ出そうとした。けれどすぐに追いつかれ、腕を摑まれてしまう。脚を引っかけられ、地面に引き倒された。

「捕まえた」

と、永山は言った。

「とにかく車に乗って。ぼくの家で落ち着いて話そう」

「嫌だ……っ」

このあいだ自分をあんな目にあわせた男の家になど行けば、何をされるか見当はつく。行けるわけがなかった。

春季は起き上がり、再び逃げようとする。だが永山はそう簡単に手を離してはくれなかった。

車に連れ込もうとする永山に、春季は必死で抵抗し、揉みあった。

視界の端に車が近づいてくるのが映ったのはそのときだった。守弥の車だと思った。車種や特徴をちゃんと覚えていたわけではなく、確信は持てなかったが、同じ白だった。

「守弥先生……っ」

春季は駆け寄ろうとしたが、また捕まってしまう。車の中に押し込まれ、続いて永山も乗り込んできた。

永山がアクセルを踏み込む。

その瞬間、永山の車の直前に白い車が飛び込んできた。

春季は思わず悲鳴を上げた。ハンドルを切る余裕さえなく、永山の車は白い車の横腹に衝突する。

「……っ」

スピードが出る前だっただけに、思ったほどの衝撃はなかった。

がくんと車が止まった。

前の車から守弥が降りてくるのが見えた。やはり守弥の車だったのだ。自分の勘は間違っていなかった、と春季は思う。

春季は車のドアを開け、降りようとしたが、一瞬早く永山にスーツを摑まれた。

「離せ……！」

「だめだよ、このまま一緒に行くんだ」

引き戻そうとする永山と再び揉みあいになる。その永山の手が、ふいに離れた。守弥が運転席側のドアを開けて永山を引き摺り降ろしたのだ。

「守弥先生……！」

「早く車を降りて……！」

春季は言われるままに降りようとして、ふと思いついてその前にキーを抜く。窓越しに見れば、守弥と永山とは激しく殴りあっていた。また刃物でも出てきたらどうしようと春季は気が気ではない。

（そうだ……警察）

転がるように車を降りると、春季は自分の携帯で警察に通報した。そして後部を回って守弥に駆け寄る。

守弥は向かってくる永山を避けて転ばせ、地面に沈めた。そして永山の背中に膝で乗り上げると、ズボンの尻ポケットから取り出したものを永山に押し当てる。

ばちっと何かが弾けるような音がしたかと思うと、永山は動かなくなった。

「い……今のは……？」

「スタンガンですよ。車に常備するようにしてたんです。何かあったときのために――またあなたを乗せることがあるだろうし」

言いながら、守弥は立ち上がった。そして春季のほうを見て怒鳴りつける。

「どうして一人で飛び出したりしたんです‼」

春季はびくりと身を縮めた。ミミもぺったりと頭に張りつくように寝てしまう。

守弥に怒鳴られたのは、これが初めてのことだった。今までは、どんなときも彼は激昂したりはしなかったし、どこか飄々として、たいていは笑っていた。

怒られても、春季は少しも不快な気持にはならなかった。それどころか、嬉しかった。彼が心から心配してくれたのがわかるからだ。

「……ごめんなさい」

春季は素直に頭を下げた。

(あ……)

そのとき初めて、守弥の靴が左右で違っていることに気づいた。

(……それだけ慌ててたんだ)

守弥自身はまだ気がついていないようだ。彼の軽いため息が聞こえる。

「……大丈夫でしたか?」

顔を上げれば、問いかけてくる表情には微かに笑みが混じっていた。

それを見た途端、張りつめていたものが一気に緩んだ。

春季は頷いた。

そして守弥に駆け寄り、抱きついて、笑った。

8

永山の車にあったロープで彼を縛り、やがてやってきた警察に引き渡した。

そんなものがバックシートにあったということは、永山は場合によっては、春季をそれで縛るつもりだったのだろうか。そう思うとぞっとした。

幸い守弥に怪我はなく、車もたいした損傷ではないとのことだった。守弥が車で来たのは、春季がタクシーを摑まえる前に追いつけなかった場合を考えてのことだったらしい。

——あの道は割とすぐにタクシーが来てしまいますから
その後、簡単な事情聴取を受けてから、春季は再び守弥のマンションへと強引に連れ戻された。

——こんなことがあったのに、あなたを一人の部屋に帰すわけにはいきませんね
リビングのソファに並んで座る。

「……すみません。またご迷惑をおかけすることになって」

春季は頭を垂れた。

「別にかまいませんよ」

と、守弥は言った。小さくなる春季の姿に同情したのか、彼の表情は優しい。

「三度目も四度目も守る、と言ったでしょう」

「でもそれは、……はっきり約束したわけじゃないし」

守弥はそう言ってくれたのに、春季が躊躇ったからだ。

「……それに」

「それに？」

守弥が促してくる。

事態が落ち着くと、やはり目の前をちらつくのは先刻見た携帯の待ち受け画面だった。ずっと見ぬふりを続けてきたけれども、これだけはっきりしてしまえば、もうそういうわけにはいかないだろう。辛くても直視しなければ。

春季はまだ躊躇いながら唇を開いた。

「……守弥先生には恋人がいるのに」

「恋人？」

守弥は問い返してくる。白々しい、と思いながら、春季はちらりと睨む。

「その、携帯の」

「携帯……？」

また怪訝そうに鸚鵡返しにして、守弥はテーブルの上に置いてあった自分の携帯を手に取った。そしてふと腑《ふ》に落ちたような顔をする。

「そういえば待ち受けにしてたんでしたね……」

呟いて、額を押さえる。

「……なるほど、そういうことでしたか」

「なんですか、それ……っ」

今度は春季が怪訝に思う番だった。思わず声を荒げる春季に、守弥は言った。

「この携帯の待ち受けを見て、それで飛び出したんでしょう？　俺の腹を蹴飛ばしてまで」

「な……べ、別にそういうわけじゃ……っ」

「へえ、そうですか？」

春季は否定したけれども、守弥は小さく声を立てて笑い、その言葉を軽く受け流した。

春季は憮然と目を逸らす。

「そりゃ……蹴ったのは悪かったですけど……」

「恋人じゃありませんよ」

と、守弥は言った。

「え……!?」

春季はとても信じられなかった。

「恋人でもない人の写真を、どうして待ち受けになんかするんですか……⁉　ありえないでしょう」

恋人でなくても、たとえば「片思いの相手」であればありえるだろうか。好きな人の写真でなければ待ち受けには設定しないだろうが、相手も同じ気持ちとは限らない。……だが、そうだとしても、守弥が彼のことを好きなのには変わりないことになる。

「……それに、……俺、前にも見たことあるんですから」

「見たって何をです？」

「……」

春季の脳裏を、いつか見た二人の睦まじい姿が過ぎっていく。

答えるのには、なんだか凄く抵抗があった。口にもしたくないというのもあったし、それにあからさまに嫉妬していると思われそうで。

「春季さん？」

けれど再度促され、春季は渋々と唇を開いた。

「……あなたとその人が、一緒に店に入っていくのを……」

春季は目を伏せたが、守弥が少し呆れたように絶句したのが、気配で伝わってきた。

「……それだけで、俺たちがつきあっていると？」

「だって……っ、個室が売りのフレンチレストランでしたよ？　なんでもない二人が、そういうところで二人きりになるんですか⁉」

　思わず声を荒げる春季に、守弥は微笑した。

「嫉妬してくれてるんですか？」

「ちが……っ」

　春季はかっと赤くなる。

「外から見かけただけで、どうして二人きりだって言い切れるんです？　先に誰か待っているのかもしれないし、ただの友人同士や仕事の話でも、個室を使うことはあるでしょう」

　それは春季自身も一応考えたことではあったのだけれど。

「……だって雰囲気が、なんとなく……ただの友人とかビジネス関係って感じじゃなかったから……」

　守弥がナイトとして大切に彼をかばってでもいるような、……そんな感じに見えたのだ。だから思い出すたびたまらなかった。

「……俺が、他に恋人がいるのにあなたに手を出したと思ったんですか」

「……」

　春季はうつむく。

　守弥は携帯の待ち受け画面を点灯させた。

「よく見てください」

春季の目の前に差し出してくる。春季は見たくなかったが、渋々と視線を落とした。

「帽子を被っているでしょう?」

「ええ……」

「ミミつきですよ」

「え……っ?」

春季は思わず目を見開き、守弥を見上げた。考えてもいなかったことだった。

守弥は画面の帽子の上を指で示す。

「このあたりに、小さなミミが生えています。犬のミミでしょうね」

「……」

そういえば、街で見かけたときもあの青年は帽子を被っていた、と春季は思い出す。

だったら……守弥が彼をかばうようにしていたのは、恋人だからじゃなくて、ミミつきだったから? 個室のレストランを選んだのも、ミミつきを人目に立たせたくなかったから……?

「彼はもともと、向こうの研究室にサンプルとして連れてこられたミミつきだったんです。俺はミミつきは専門じゃないんですが、同じ棟で仕事をしていたので何度か会う機会があって、同じ日本人だということで割と喋《しゃべ》るようになって……彼は英語があまり得意ではなかったから、日本語で喋れる相手といると安心すると言っていました。で……そのうち、日本に帰りたいから協力してくれと頼まれたんです」

「日本に帰る……？」

「向こうでは一応、サンプルとして協力するかどうかは自由意志ということになってはいますが、かなり強引に連れてこられることもある。実際ミミつきが晒される危険の度合いもこちらの比ではないので、野放しにしておくよりましという保護の意味もあるんですが、この彼もそうやって連れてこられた一人だったんです。……彼は最初からあまり気が進んではいないようでしたが、途中からどうしても日本に帰りたいと思うようになった」

「……どうしてですか？」

何か特別な理由でもあるのだろうか。

「会いたい人がいると言っていましたね」

「……恋人？」

「ではないけれど、好きな人だと言っていましたよ」

疑いは晴れましたか？　という顔を守弥はする。

春季はばつが悪く、目を逸らす。守弥の言っていることは、辻褄が合っているように思える。信じてもいいのだろうか。そう思うと、ほっと体の力が抜けるようだった。

「ああいう研究機関は、一度協力を約束すると、なかなか契約を切ってはもらえません。彼は最初、合法的に自由になって帰国しようとしていましたが、上手くいかず、俺に口添えを頼んできたんです。契約金は必ず返すから、自由にしてもらえるように上にかけあって欲しいと。……で、一応やってみたんですけどね。俺は部外者ですが、専門の近い友人知人、上の人にも頼んでなんとかならないかと……でもなかなか成果は上がりませんでした。有力者の中に、どうも個人的に彼を帰したくない人がいたようで」

「……好きだったってことですか？」

「ええ、まあ、執着していたんでしょうね。そうするうちに、彼は勝手に研究所を飛び出してしまった」

「……まさか自力で帰国したんですか？」

「ええ。協力者はいたようですけどね」

春季は呆然と目を見開いた。

ミミつきにとっては、ただ外出するだけでも大きな危険がともなうのだ。それなのに、海を渡って、遠くアメリカから日本まで？

それがどんなに恐ろしいことか、同じミミつきである春季には肌でわかる。たとえ協力者がいたとしてもだ。

それほどまでに、彼はその相手が好きだったのだろうか。

「自分で逃げ出したのははっきりしているし、それなりによく考えてのことで心配する必要はないのかもしれないと思いながらも、役に立てなかった俺にも責任の一端はある気がして、ずっと気になっていたんです。……それで今回この研究所から誘いがあったときに、日本へ行ったら彼を捜してみようと思いました」

「……じゃあ、最初の頃、することがあるから飲み会にも来られないって言ったのは……」

「心当たりを捜していたからです。――口実だと思いましたか?」

春季が詰まると、守弥は笑った。

「この写真は、帰国する前に彼の友人からもらったものです。こうして待ち受けにしておけば、聞き込みをするとき、いちいちフォルダから呼び出すより簡単に人に見てもらえますからね。……もう彼は見つかったので変えてもよかったんですが、面倒でそのままになっていたんです……」

守弥はちらりと春季を見る。

「まさかあなたがそれを見て誤解するなんて、思いもしなくて」

「――っ……」

春季は返す言葉もなかった。自分の勘違いが恥ずかしく、顔が赤らむ。

守弥は嬉しそうだ。

「嫉妬したんでしょう?」

と、先刻と同じことを聞いてくる。

「……」

「でなきゃ、この待ち受けにそんなに怒るわけがない」

「お……怒ってなんかないって――」

「じゃあこれ、ずっとこのままでもいいですか？」

――好きにすればいいでしょう
春季はそう言おうとして、言えなかった。守弥がずっと彼の写真を待ち受けにした携帯を持っているのかと思うと、それはやっぱり嫌なのだ。

ついうつむいてしまう春季の頰に、守弥は手を添えてくる。

「俺のことが好きでしょう？」

春季はますます顔が赤くなるのを感じた。

「……っ、そっちこそどうなんです……!?」

「決まってるでしょう」

「き……決まってるって」

「……好きですよ」

少し照れたように口にされた言葉に、春季は瞠目した。

（好き……!?）

動揺のあまり唇をぱくぱくさせてしまう。

「……ここまできて、そんなに驚きますか？」

「だって……っ」

「あんなにからだを張って守ったのに、つれないですね」

「……っ、からだ目当てだって言ったじゃないですか……⁉　俺がミミつきだから、フェロモンに惹かれてるだけなんじゃ」

「そう言わないと、あなたが遠慮すると思ったんですよ。……それに、あのときはあなたが俺のことを好きなのかもしれないなんて思わなかったし、むしろ嫌われてるんじゃないかと思ってたくらいでした。弱みにつけ込みでもしないと、一生手に入れることはできないと思ってたんです」

　瞳を覗き込んでくる。

「ミミつきなら、彼以外にも仕事柄何人でも会ったことがある。でもこんな気持ちになったのはあなたにだけです」

「……だって……いつだって俺のことを白い目で見て、意地悪ばっかり言ってたじゃないですか……！」

「そんなのは」

　と、守弥は言った。

「嫉妬していたからに決まってるでしょう。……あなたが、いつでも他の男たちに囲まれていたから」

「嫉妬……？」

守弥がいつも刺のような視線で春季を眺め、ことあるごとに苛めてきたのは、全部嫉妬のためだったというのだろうか。

「取り巻きになる気もなかったくせに？」

「俺も取り巻きに入れたかったんですか？　あれだけいれば十分だったでしょうに」

「い……入れたいっていうか、普通断らないでしょう……っ？」

「彼らに混じってあなたのことをちやほやしろと？」

「だって」

「大勢の中の一人になるのはごめんなんですよ」

でも、と守弥は言った。

「俺一人に決めるんなら、いくらでもちやほやしてあげます」

頬が火照ってならなかった。触れている守弥の手にもこの熱は伝わっているのだろう。そう思うとひどく恥ずかしい。

「……初めてあなたを見たのは、所長室の窓からでしたよ。あんなに離れていたらフェロモンなんて関係ないでしょう？」

春季は頷く。

「一目見たときから惹かれていました」

「え……」

「愛していますよ」

つい顎を上げると、すぐ傍にあった守弥の顔が、さらに近づいてきた。

唇が軽く触れあう。

春季はその胸にぎゅっとしがみついた。

「……俺も、好きです……」

再び唇が重なってきた。


寝室へ連れていかれ、膝に抱えるようにしてキスされながら、上着を脱がされた。

そういえば寝室でするのは初めてだ、と春季はぼんやりと思う。繰り返し口づけられるうち、しっぽまで痺れてくる。

そこを守弥がてのひらで包むようにして撫で上げてきた。

「ひぁ……っ……！」

びくん、と春季は背を引きつらせた。

「このしっぽ……」

「え……？……っ……」

守弥はまだしっぽから手を離さない。毛の流れにそって撫で、弄り回す。ミミまで咬《か》まれて、春季はびくびくと震え続けずにはいられなかった。

「……っぅ、……っ」

「ここ、そんなに感じますか……？」

「っ……放し……っ」

まともに言葉を繋ぐこともできない。しっぽというより、からだじゅうが敏感になっているのかもしれなかった。守弥にちょっとさわられるだけで、怖いくらい感じた。

「……研究所であなたに会うと、たいていこのしっぽが……」

「あっ……」

「ぴんと立って、ぶるぶる震えてるんですよね。目が合ってもそうですが、傍へ行くとよけいに。……それが警戒されてるみたいに見えて、てっきり嫌われてるんだと思ってました。あまり近づかないほうがいいのかと……」

「んん……っ」

それは違う――違っていたのだと今はわかる。

「でも、ここで一緒に過ごすようになってから、俺が料理するのを見ているときまで同じように震えているのに気づいて……餌づけに成功してる自信はありましたからね、もしかしてサインを読み間違えているのかもしれないと初めて思って、調べてみたら……」

「……やぅ……っ」

春季はいつのまにか守弥の腹に、焦れた腰を押しつけていた。守弥のものも硬くなっているのが、布越しにわかる。

「猫がこうやってしっぽをぴんと立ててぶるぶるさせるのは、甘えたいときなんだそうですね。……嬉しかったですよ」

そんな頃から好きだったのかと指摘され、悔しいやら気恥ずかしいやらで、どうしていいかわからないような気持ちになる。

（猫と違う）

と言おうにも、言葉にならなかった。

「……ぁあ……っ、もう……っそこ、は」

「すみませんね。焦らしてしまいましたか……？」

わざとやっていたくせに、守弥はしれっと口にする。春季のズボンの前を開け、手を突っ込んでくる。

「……あ……っ」

「ああ……どろどろですね。またスーツをクリーニングに出さないといけなくなるところだった」

言いながら握り込んでくる。ぐち、とそれが彼の手の中で濡れた音を立てる。

「……ああっ……」

「腰を浮かせて」

脱がされることがわかっていながらそうするのは、ひどく恥ずかしかった。それでも命じられるままにすれば、予測どおり下着まですべてを剝ぎ取られる。

守弥もシャツを脱ぎ捨てた。ズボンの前を開けると、その狭間から覗く下着越しに、硬く反り返ったもののかたちがわかる。春季の視線は無意識に吸い寄せられてしまう。それに気づいて、守弥は言った。

「──ちょっと舐めてみますか……?」

「えっ……」

春季は戸惑った。守弥の顔を見て、また股間《こかん》に視線を落とす。多大な期待がその両方から伝わってくる気がする。

「あ……あんまり上手じゃなくてもいいんだったら……」

答えた途端、かあっと顔が火照った。

「いいですとも」

守弥は嬉しそうだ。

だったらいいか……と春季は思う。

「じゃあ、……ちょっとだけですよ？」

「ええ」

春季が答えると、守弥はにっこりと笑った。

ベッドのヘッドボードを背に座る守弥の下着を捲《めく》る。飛び出してきたものの大きさに、春季はびくりと手を引きそうになる。

（こんなだっけ……？）

前に抱かれたときには、こんなに近くでまじまじと見たりはしなかった。

両手で包み、そっと唇を近づける。どうしたらいいのかよくわからないまま、先端から舐めはじめると、守弥が小さく息を詰めた。

その吐息に、なんだかときめく。自分がされたときを思い出しながら舌をぴちゃぴちゃと動かす。一舐めするたび、少しずつ硬度が増していくのも楽しかった。

「……けっこう、気に入りましたか？」

と、守弥が囁いてくる。少し息が乱れているのがわかる。

「口の中に入れられますか？」

促され、春季は頬張ろうとする。とてもすべては無理で、それでも少しでも深くくわえようとして。

「そう——いいですよ。舌も使って」

「んっ……」

口内はいっぱいになっていて、舌を動かすのは難しかった。それでもできるだけ試みる。出したり入れたりしながら舐めていると、口の中の粘膜が擦れて、何か不思議な気持ちになる。ぞくぞくして、下腹の奥まで痺れたみたいになって。

守弥は春季の頭に手を乗せ、ミミを撫でながら、緩く腰を使ってくる。

「んんぅ……っ」

雁首《かりくび》で上顎を擦られ、喉の奥を軽く突かれて、春季は喘いだ。

「……苦しいですか……?」

「んっ……」

正直、苦しくないとは言えなかった。まるで口の中を深く犯されているみたいだった。でも苦しいという以上に、何かがある。

「これくらいなら我慢できないほどではないでしょう……?」

と、守弥は囁きながら、春季の喉を犯し続けた。

「たっぷり濡らしてくださいね。……あとで痛くないように」

ぼうっと霞んだ頭で、その言葉の意味を理解した瞬間、挿れられる感覚を思い出して、腰がきゅんと疼いた。

びりびりとしっぽが立つ。

「ああ……またこんなになって」

守弥が手を伸ばしてくる。大きな手のひらでしっぽを包み、根もとから先端まで扱きあげる。

「あ、あ、あ……！」

春季は唇を離し、思いきり喉をしならせていた。痺れるような電流が背筋を走る。

一気に昇りつめ、春季はぐったりと守弥の胸に倒れ込んだ。

守弥は春季のからだをベッドに横たえたかと思うと、膝を摑んで両脚を開かせた。

「や……っ」

春季は身を捩り、脚を閉じようとしたが、離してはもらえなかった。中心に守弥の視線が痛いほど突き刺さってくる。

「あれだけでイッたんですか……？」

指摘され、春季は恥ずかしくてたまらない。守弥は春季の脚を深く折り曲げ、どろどろに濡れた下肢を見つめてくる。

「見……んな……っ」

春季はいたたまれなくなって、両腕で顔を覆い、上体を捩ってベッドに伏せようとする。

「じゃあ……、こっちからしますか？」

守弥は春季のからだをくるりと俯《うつぶ》せに返した。腰だけを高く抱えられ、脚を開かれる。まるで尻を守弥に向けて突き出したような姿になる。

「こ……こんな恰好……っ」

よけいに恥ずかしかった。まるで本当に動物みたいだと思う。

「あとで前からもしてあげますよ」

そういう問題じゃない、と春季は首を振ったが、しっぽを摑まれ、尻をさらに持ち上げられてしまう。

熱く濡れたものがあてがわれる。

守弥はゆっくりとこじ開けるように自身を挿入してきた。

「あ――……」

無理に拡げられているはずなのに、精一杯濡らしたせいか、さほどの抵抗もなく挿れられてしまう。

「あっ、あっ……あぁっ……」

「……だいぶ、慣れてきたみたいですね……？」

囁かれ、春季は首を振った。

「そんな……まだ……っ」

「動きますよ」

守弥は後ろから覆い被さるようにして中を突きはじめた。

「ああ……っ」

感じるところを守弥の太いもので擦られ、春季はそれこそ猫のように背を撓らせる。無意識の逃げる動きも、前にも手を添えられて封じられた。てのひらで包み込み、後ろとあわせるように扱かれて、快感の逃がしようもなく身悶《みもだ》えた。

「あっ、あんっ、あぁっ、やぁっ――」

「悦いですか……?」

「……っあ……っ」

「悦くない?」

悦くない、とは言えなかった。下腹から這い上ってくる快さに、息も絶え絶えに喘ぐ。

守弥が耳の後ろに唇を寄せてくる。

「……気持ちいいって言ってごらん」

「や……っ」

春季は首を振った。そんな恥ずかしいことは、とても言えないと思った。

「そ……そっちこそ……っ」

「気持ちいいですよ。熱くてやわらかくて、きゅうきゅう俺を締めつけてくるところが、ほんとに可愛らしい」

「ば……っ」

「ほら、また」

「あんん……っ」

食い締めた男のたしかな感触に感じて喘ぎ、春季はますます恥ずかしくなる。守弥はくすりと笑った。

「あなたの番ですよ……？」

「ああ……っ」

深く貫かれ、また背を反らせる。

「ほら」

「あ、あぁッ……！」

乳首を掻いて促され、春季は震える唇を開いた。

「き……気持ちいい……っ」

その途端、ぞくっと背筋が震えた。なんて淫らな言葉を口にしているのかという、そのことに感じてしまう。

馴染むのを待っていたかのように、守弥の動きが速くなる。

「あ、んっ、あぁっ、あぁぁっ――」

追いつめるように何度も突き上げられ、ひっきりなく春季は喘ぐ。狭い道を拓き、襞を擦って奥まで挿入されるたびに、目の前が白く霞む気がした。守弥の手の中のものがだらだらと蜜《みつ》を零す。

　やがて守弥が小さく息を詰めたかと思うと、春季はからだの深いところで熱が溢れるのを感じた。

　満たされる感覚にぞくぞくと身を震わせ、春季もまた絶頂に達する。

「――っ……」

　引き抜かれるままシーツに崩れ落ちると、すぐにその溶けたようなからだを表に返された。また脚をひろげられ、とっさに閉ざすこともできずにいるうちに、太腿のあいだに守弥が腰を入れてくる。

「やっ……嘘……」

「前からもするって言ったでしょう？」

「でも……っ」

　そんなにすぐにできるのかと思い、視線を落とせば、守弥のものはすでに再び硬度を取り戻しつつある。

　それを後ろにあてがわれた。

「やめ……まだ、だめっ」

　守弥は聞いてはくれない。そのままずっ、とからだを進めてくる。

「あああぁ……っ」

余韻の残ったところを強く貫かれ、春季は声を上げた。そこはひどく敏感になっていて、そのまま揺すり上げられると、そのたびに目が眩《くら》みそうな快感が突き上げてきた。

「ああっ、ああっ、ああっ……！」

守弥は乳首に唇を落としてきた。尖りきったそれは、軽く舐められるだけでもびりびりと感じてしまう。

「そこ、気持ちい……っ」

無意識のうちにそんな科白が零れていた。

「乳首が？　それとも中が……？」

と、守弥は問い返してくる。

「り……両方……っ。こ……こっちもして」

放っておかれているもう一方が疼いてたまらず、春季は思わず口にしていた。

「こっちって？　具体的に言わないと、わかりませんよ」

「……っ」

意地悪で、しかも楽しげな守弥の言葉にむかつきながらも、春季は欲望を口にするしかない。

「……胸……右の、ちくび……っ」

「よく言えましたね。いやらしくて……可愛いですよ」

ご褒美、というように頬に軽く口づけてから、守弥は胸に唇を落としてくる。片方は舌で、もう片方は指で転がされる。

「ああ……っはぁ、ぁ、……！」

同時に中を掻き回されながら、春季は自ら腰を揺らし、膝で守弥の腰を挟みつけた。中心を守弥の腹に擦りつける。

「気持ちいい、気持ちいい……っ」

何も強制されたわけでもないのに、淫らな呟きが零れて止まらない。

顔を上げた守弥の唇を自ら求め、春季はその背にしがみついた。

翌朝、春季はカメラのシャッターを切る音で目を覚ました。

「ん……？」

瞼を開けると、すぐ近くにレンズがある。守弥がベッドに座り、携帯カメラをかまえていたのだった。

春季は慌てて飛び起きた。

「ちょっ……何、寝顔なんか撮ってんですか……！」

「待ち受けにするんですよ。差し替えて欲しいんでしょう？」

「そっ……そりゃそうだけど……っ」

でも、あの写真が嫌だっただけで、自分の写真にして欲しいとまで思っていたわけではないのに。いや……して欲しくないわけでもないが。

「大丈夫。寝顔も綺麗ですよ」

守弥はにっこりと笑う。……それはそうかもしれないけれども。

「……誰かに見られたらどうするんです」

寝顔だなんて、関係が一目でばれてしまうのではないか。

「何かまずいことでも？」

「だ……だってバレるじゃないですか!?」

「別にかまわないでしょう？　というか、俺としてはばらして歩きたいくらいなんですけどね」

守弥は脳天気だ。

たしかに、人に知られても特に問題はないといえばないけど。それに、ばらして歩きたいという守弥の気持ちもわからなくない……というか、そういう気持ちは春季の中にもないとは言えないのだけれど。

春季はじっとりと守弥の笑顔を睨む。

「……とにかく、ちゃんとしたの撮ってくださいよ。寝顔とか寝起きとかじゃなくて」

「はいはい、わかりました。じゃあそれまではこれを使うということで」

守弥はそう言ったかと思うと、携帯を操作して、今撮った写真をあっというまに待ち受けに設定してしまう。ほら、と見せられて確認すれば、安心しきったように眠っている自分の姿がある。不本意ながら、日向《ひなた》の猫のようだと思う。

(そういえば……昨日の夜も、悪い夢は見なかった)

「まったくもう……」

春季は大袈裟《おおげさ》にため息をついた。ともかく、いつまでも他のミミつきが守弥の携帯の待ち受けを占めているよりはましだと思うほかはない。

「……守弥先生」

春季はふと思い出したことを、守弥に聞こうとした。

「まだそれですか」

「え？」

「玉斑先生」

「う……」

あらためてそう呼ばれてみると、たしかになんとなく違和感があるような気がした。この頃はだいたい名前のほうで呼ばれるようになっていたからだ。

以前にも名前で呼べと言われたことがあったのを春季は思い出す。ちらりと視線を向ければ、守弥の眼差しに期待の色を感じるのは、気のせいではないのだろう。

「じゃ、……じゃあ……」

口ごもりながら、春季は守弥の名前を初めて唇に乗せた。

「仕郎、さん……って」

守弥は顔を綻《ほころ》ばせた。

「一応覚えててくれたんですね」

「そりゃ……それくらいの記憶力はありますよ……っ」

春季は何か気恥ずかしくて、明後日のほうを向かずにはいられない。

「へえ？」

「……でもなんか、これはこれで違和感あるっていうか」

恥ずかしいっていうか。

「じき慣れますよ」

そう言って、守弥はちゅっと軽く唇を合わせてくる。春季はますます顔を上げられなくなる。

守弥は笑った。

「……それで？　何か聞きかけてたでしょう？」

「え？　……ええ、まあ」

「なんです」

促され、春季は口を開いた。

「……あの、犬のミミつきはどうなったんですか？」

「気になりますか？」

「……まあ、同じミミつきとして」

「会いたかった人と会って、一緒に暮らしていますよ」

その答えを聞いて、春季はほっと心が和んだ。同じミミつきが、しあわせになっているのだと思うと。

ついこのあいだまでは、他のミミつきのしあわせが妬《ねた》ましくてならなかったのに。

守弥が肩を抱き寄せ、囁いてくる。

「あなたのことは、俺が守ってあげますよ」

「……でも、それは」

春季は思わず顔を上げた。守弥の気持ちは嬉しい。だけど頷くことはできなかった。

「彼のことが引っかかっていたんでしょう？　誤解は解けたはずですよね」

「そうなんですけど……」

「だったら、何が問題なんです」

たしかに、あの青年のことも気になっていたことの一つではあった。けれどそれだけが原因で、あの取引に乗らなかったわけではない。

今なら春季は、自分がなぜ守弥の申し出を受け入れることができなかったのか、一番の理由がわかるのだ。

脳裏を亡くなった父親の姿が過ぎる。

「……今日もまたあんなことがあって……相手が一人だったからまだよかったようなものの、このあいだみたいに大勢を相手にしないといけないことだって、またあるかもしれないんですよ」

「ええ」

「もしまたあんなことがあって、――もしあなたまで、父みたいなことになったら」

大怪我をしたり、最悪、命まで落とすようなことにでもなったら。そう考えただけでも耐えがたかった。

「大丈夫ですよ、俺は――」

守弥が言おうとした言葉を、春季は遮った。

「……前に俺、父の話をしましたよね」

「ええ」

「あのとき、もう誰も父のような目にはあって欲しくないって言ったけど、本当は違うんです。――あなたが」

守弥が助けに来てくれたとき、嬉しかったけれど、それよりずっと怖かった。もし守弥の身に何かあったらと思うと。

こんなことは、本当は白状したくないのに。

「あなたが死んでしまったらどうしようかと思って……っ」

他の誰のことでもない、守弥が危ない目にあうのが嫌なのだ。それくらいなら、自分が攫われて売り飛ばされ、野垂れ死にでもしたほうがいいと思うくらいに。

守弥がたとえ、他に恋人がいながらミミつきのからだ目当てに取引しようとするような男であったとしてさえ、彼を危険に晒すくらいなら、自分が何もかも諦めて引きこもったほうがましだと思った。

顔を伏せる春季の頰に、守弥が手をふれてきた。

「……そんなに愛されていたとは知りませんでしたよ」

「なっ……」

あからさまに囁かれ、春季は真っ赤になる。当たっているだけに反駁《はんばく》することもできず、唇をただぱくぱくするばかりだった。ミミの毛が勝手に逆立ち、しっぽがキツネのしっぽのように膨らんだ。

「わ。初めて見ましたよ、それ」

「！　だから見るなって言ってるでしょうっ‼」

春季はさらに赤くなって声を荒げた。

守弥は笑う。けれどその笑みはいつもの揶揄うようなものではなく、どこか温かい。

「……だから俺が守ると言ったとき、なかなか承知してくれなかったわけだ。そんなに俺が嫌いなのかと思って、けっこうショックだったんですよ？」

「……そんなこと……」

あるわけがないのに。

「でも、承知してもしなくても、もう同じことですよ」

と、守弥は言った。

「え……？」

「あなたが嫌がっても、勝手にストーカーみたいに張りついて守りますから」

「何、馬鹿なこと……っ」

守弥がそんなふうに言い出すとは思わず、春季はひどく驚いた。

「そうせずにはいられないんですよ。俺にとっては、真逆のことが言えるんですから。……あなたが死んだり、攫われたりするのは耐えられない。俺も死にますよ、そんなことになったら」

「な……何言ってるんですか……」

「あなたが拒否しても、危険の度合いは同じだって話です。——だから」

守弥は微笑する。

「もう観念して、おとなしく守られていなさい」

「——っ……でも」

嬉しくて、でも怖くて、春季は泣きたいような気持ちになる。

「大丈夫。俺はけっこう強いでしょう？　それに常に冷静だし判断力もある」

「……何、自画自賛してるんですか。違う靴、履いてたくせに」

「それは救出には関係ないでしょう」

守弥は軽く咳払《せきばら》いする。

「ともかく、正当に評価してるつもりですよ。……強いっていうのは腕力の話だけじゃなくて、目的のためにはどんな手段でも使うってことです。卑怯《ひきょう》な手でもずるい手でも、失敗してあなたを失うわけにはいかないんですから、そのためにはなんでもします。武器も使ったし、警察も。本職のやくざのようにはいかなくても、やくざを味方にすることもできる」

先刻のことを、春季は思い出す。

今日、守弥が車で春季を追ってきたのも、何かあったときのことをとっさに考えてのことだったのだろうか。車内にスタンガンを備えつけてあったのもそうだろう。旧病棟に来るときに、武器になるものを手にしていたことも。

守弥ならどんなときでも、そういう対処ができるのかもしれない……?

(靴は違ってたけど)

「……だからね、どんな状況でも無茶なことはせず、簡単に自分を犠牲にしたりもしないで、一緒に生き残れるように考えます。――あなたを独りにするようなことは、決してしませんよ」

「……独りに、しない……?」

「ええ」

その言葉は、春季の胸の深いところに強く響いた。そう――考えないようにしてきたけれど、父親を亡くしてから、春季はずっと独りだったのだ。その深い底から、守弥が引き上げてくれる。

じわりと涙が込み上げてくる。

「……前に、世界が滅びる話をしましたね」

と、守弥は言った。春季は頷く。

けれどその話は、冗談だったのではなかったのだろうか。

彼は続けた。

「もしそのときが来たとしても、あなたといられれば俺は世界一しあわせだと思う」

「……っ」

春季は小さくしゃくり上げた。春季もまた、たとえそのときが来ても、最後まで守弥と一緒にいられたらしあわせだと思ったからだ。

「……お……俺も」

答えると、守弥は微笑した。

「ずっと一緒に生きていってくれますか?」

胸が詰まって声が出ない。春季は代わりに何度も頷いた。

唇が重なってくる。

その背中に、春季はしっかりと腕をまわした。

あとがき

こんにちは。または初めまして。鈴木あみです。「ウサギ狩り」シリーズ第二弾「泥棒猫」、お手にとっていただき、ありがとうございます。

第二弾とはいっても、前作とは主人公の違う独立したお話ですので、前作を既読のかたはもちろん、未読のかたでも問題なくお読みいただけると思います。よろしくお願いいたします。

さて、今回はネコ！　ねこミミです……！　やわらかくて薄くて、中がピンクで産毛が生えているのです！　ぴくぴく動いたり、叱られるとぺたっと寝たりするのです。萌え……！

そしてしっぽにも萌えなのです。ミミが生えるのもいいけど、しっぽが生えるのもいいと思いませんか？　猫しっぽは感情表現豊かで、本人も気づかないような感情や、隠しておきたいような感情にあわせて揺れ動くのですよ……！　そのうえ非常に敏感で、攻が摑んだりしようものなら、びりびりと感じてしまったりするのです……！　はあはあ。

……と、まあそれはともかく、前回は眼鏡受でしたが、今回は眼鏡攻です。二人とも研究者ってことで、白衣に眼鏡、敬語攻です。一見いい人のふりをして、受をてのひらの上で転がします。そういう攻って私的には萌えなのです。おかげで受は女王様になるはずが、ツンデレに落ち着いたかも。これはこれで可愛いと思っていただければ嬉しいのですが、いかがでしたでしょうか。


ところで、今回はあとがきのページに余裕があるみたいなので、せっかくのねこミミ編ということで、うちの猫の話なんかをちょっと。あまり明るい話ではないのですが（といっても滅茶滅茶暗い話でもないですが）、猫飼いの人はできればちょっと目を通してやっていただきたい。

うちの猫は老猫なのに非常に元気で、年の割にはあまりにも元気なので、もともとちょっとおかしいような気はしていたのです。で、ある日ふと体重を計ってみたら、八百グラムも減っていて。

たかが八百グラムとはいうものの、猫の体重は人間の約十分の一。猫の八百グラムは人間の八キロほどに相当するのです。ダイエットしてるわけでもないのに急に八キロも痩せたとしたら……人間だってそりゃ病気ですよね。猫だってそうです。以前、同じ病気で猫を亡くした友人から聞いたことがあったので、この時点でピンと来てしまった。たぶん、甲状腺機能亢進症じゃないかと。

猫の甲状腺機能亢進症は、人間で言えばバセドウ病みたいなものですが、猫の場合は治りません。かかったら最後、できるだけ長生きさせてやれるように治療するしかないのです。

また、老猫の十匹に一匹はかかるありふれた病気でありながら、比較的新しく発見された病気でもあり、症状がわかりにくいこともあって、獣医さんの中にも診断できない人がけっこういたりします。私が最初に行った病院の先生もそうでした。

「甲状腺も腫れてないし、毛艶もいいし、違うと思いますよ。痩せたのは肝臓病のせいだと思います」と言って、なかなか甲状腺の検査をしてくれませんでした。実際、肝臓も悪くなっていたのです。これも気づかなかった……飼い主失格ですね。たまに吐いていたのですが、猫は吐くものだと思っていたから、気にしていなかったのです。でも肝臓の治療をしたら全然吐かなくなったことを考えると、あれはやっぱり肝臓病のせいだったのですね。

余談ですが、尿路結石用の猫フードには、健康な猫にも食べさせてＯＫなものがありますが、若い猫にはよくても、老猫にはいけません。肝臓を悪くする場合があるんだって。うちのは多分これで発症したのだと思います。もう一匹が結石をやったので、治ってからも一緒に予防フードを食べさせていたんですよね。知らないって罪だ……。

えーと、話を甲状腺に戻して、と。

結局、先生が嫌がるのを、「違うとわかったら安心するので」どうしても、と頼み込んで検査してもらいました（なんでそんなに嫌がるのかと思うんだけど、たぶん検査のできる病院が少なく、大きな病院からキットを取り寄せたり送り返したりしないといけないから、面倒なのかなあ？？）。

で、結果。やっぱりそうでした。なんかそんな気がしたんだ……。こういうことは飼い主の勘のほうが正しいこともあるんだと思います。当たって欲しくなかったけど。

そしてその病院では、「うちでは治療経験がないので治療できません。よその動物病院に行ってください」と言われ……ええええ？　だって老猫の十匹に一匹がかかるような病気なんだけど？　そんなありふれた病気なのに、治療経験がないからできないなんて言っちゃっていいの⁉

その病院、小さな個人病院などではないのです。地元ではけっこう大きな、獣医さんも数人はいる、評判のいい病院なのです。それなのに……？？

しかし自信がないのに適当な治療をされても迷惑だし、治療してくれないというのなら仕方ありません。紆余曲折の末、自力で別の病院を探し、今はそこで治療を受けています。肝臓はほぼ治り、甲状腺のほうも一応落ち着いているようです。

そんなわけで、何が言いたいのかというと、甲状腺機能亢進症はよくある病気でありながら、獣医さんにもなかなか診断がつかないことがあるので、飼い主が気をつけて、疑わしいときは多少強引にでも検査をしてもらいましょう、ということです。

ちなみに症状は、「よく食べているのに激やせする」というのが最もよく出るパターンらしいです。なので、歳をとった猫を飼っている人は、なるべくこまめに体重を計って注意してあげてください。

発見しにくい病気なので、気がついたときには手遅れですぐに死んでしまう……ということもあるようですが、早期発見できれば、投薬で何年ものあいだ元気に生活させてあげることができます。

ついでにもう一つ。

野良猫関係のボランティアを手伝っていることもあって、けっこうたくさんの獣医さんと出会ってきましたが、獣医さんには名医も多いけど、藪医者も本当に本当に多いです。恐ろしいほどのピンキリです。「あのままかかり続けてたら、猫死んでたんじゃ……？」と思うようなことは何度もありました。明らかにぐったりしてるのに「様子を見ましょう」としか言わないとかね～。藪を通り越してる……！

お医者さんを信用するのは大事なことだけど、なんか変かも？　と思ったら、迷わず別の病院にも行ってみてください。死んでからでは遅いのです。

簡単な見分け方としては、混んでいるからといって名医とは限らないけど、いつ行ってもがらがらにすいているような病院は、腕前が微妙なことが多い気がします。ま、当然か。

……って、ＢＬ本のあとがきに書くことじゃないね……すみません。読んでくれた人は少ないかもしれないけど、おつきあいありがとうございました。

最後になりましたが、お世話になった方々にお礼を。

街子マドカさま。今回も素敵なイラストを本当にありがとうございました。特に攻の守弥は、一見いい人なんだけど実は……な感じを凄くよく出していただいていて、超お気に入りです！　カラーの春季のミミとしっぽのグラデーションも色っぽくて萌え……！　触りたいです。次回もどうぞよろしくお願いいたします。

現担当のSさま。今回も遅くて……申し訳ありませんでした。つ……次こそは頑張ります。

そして読んでくださった皆様にも、本当にありがとうございました。

次のミミシリーズは、来年くらいに出していただける予定です。もしよかったら、また読んでやっていただければ嬉しいです。

それでは、また。

鈴木あみ

本作品は書き下ろしです

鈴木あみ先生、街子マドカ先生へのお便り、
本作品に関するご意見、ご感想などは
〒101-8405
東京都千代田区三崎町2 - 18 - 11
二見書房　シャレード文庫
「泥棒猫」係まで。

CHARADE BUNKO

泥《どろ》棒《ぼう》猫《ねこ》

【著者】鈴木《すずき》あみ

【発行所】株式会社二見書房
東京都千代田区三崎町2 - 18 - 11
電話　03（3515）2311［営業］
　　　03（3515）2314［編集］
振替　00170 - 4 - 2639
【印刷】株式会社堀内印刷所
【製本】ナショナル製本協同組合

落丁・乱丁本はお取り替えいたします。
定価は、カバーに表示してあります。

ISBN978-4-576-09111-2

http://charade.futami.co.jp/